KB159635

사람

그리고

광식

나의 빛나는 친구들에게

김광식 지음

글동

언제나 내 삶의 용기가 되어 주던
나의 눈부신 친구들에게

그래, 어쨌든 사람이다

송철호
울산광역시 시장

나는 김광식 저자와 30년 넘는 세월을 함께 해왔다.

80년대 현대자동차노조가 태동하던 무렵에 그를 만났다. 현대자동차 노동조합 고문변호사로 일하면서, 민주노동당 창당 이후 여러 차례 공직 선거에 도전하는 동안 그와 나는 동지로 같은 길을 걸었다.

김광식은 4만 조합원을 대표하던 현대자동차 노조위원장 출신이다. 내가 알기로 그는 궂은일을 마다하지 않았다. 힘든 일이 있을 때마다 돌파구를 찾아내고 제일 먼저 앞장섰다. 그런 삶의 태도가 그와 함께 했던 많은 사람들을 언제나 그의 곁에 붙잡아 두는 힘이다.

이 책에서는 저자가 걸어온 뜨거운 시간들, 그 속에서 한결같이 인연을 이어 오고 있는 사람들을 만날 수 있다.

앞으로의 세상은 어떻게 변할까? 한국 노동운동과 진보정치는 새로운 시대적 과제와 역사의 도전 앞에 어떤 선택을 해야 할까? 김광식은 이 묵직한 물음 앞에 아마도 '사람'이라는 단어를 떠올린 듯하다. 노무현 대통령이 그랬듯이 김광식의 철학은 '사람'이다.

정의로운 세상은 결국 사람의 힘으로 만드는 것이다. 김광식이 헤쳐 온 격동의 세월, 힘들었지만 그는 결국 '사람'을 생각했기 때문에 지금에 와 닿을 수 있었다. 어떤 공허한 이론이나 명분도 '사람 사는 세상'을 빼고는 생각할 수 없다. 어쨌든 사람이다.

80년대 뜨거웠던 노동 운동 현장에서 그를 만난 지 어느덧 30여 년이 흘렀다. 촛불혁명에 힘입어 우리는 둘 다 국민의 세금으로 월급을 받는 공직자가 되었다. 소외된 노동자의 삶을 지키기 위해 싸우고, 주장하고, 반대하던 시절을 넘어, 이제 우리는 더 나은 해법과 더 합리적인 대안을 찾아 고민해야 하는 입장에 서게 된 것이다.

시정을 이끌며 어떤 정책적 결정이나 난관에 부딪혀 고민이 생길 때마다 나는 80년대 저자와 만났던 시절의 '초심'을 떠올린다. 초심은 어려운 문제를 선명하게 한다.
그리고 방향을 제시하게 도와준다. 저자는 이 책에서 열정을 불태웠던 시절의 선명한 이야기들을 통해 오늘을 반성하고 내일을 그리고 있다.

힘든 세월을 헤쳐 온 투철한 노동운동가로서, 초거대 사회보장기관의 살림을 책임진 임원으로서 복잡한 현실 문제에 대한 풍부한 감각과 경험을 되살려 앞으로 그는 더 큰 나래를 펼 것이다.

김광식의 무궁무진한 발전을 기대한다.

결심하면 실천하는 사람, 김광식

이목희
대통령직속 일자리위원회 부위원장, 전 국회의원

나는 투쟁의 현장에서 결코 굴함이 없던 김광식의 강한 열정과 끈기를 잊지 못한다. 저자 김광식을 볼 때 마다 돌파형 리더십 이라는 단어가 생각난다. 물론 김광식 감사의 겉모습은 별로 투쟁적이지 않다. 언제나 수줍은 웃음을 머금은 얼굴은 상대에게 겸손한 느낌을 주고, 차분하고 조용한 말투는 듣는 이에게 안정감과 따뜻한 느낌을 준다. 실제로 많은 사람들이 김광식에 대해 얘기할 때 소탈하고 겸손하다는 말을 제일 많이 한다.

그러나 하지만 그의 내면은 부드러움 보다는 강철만큼 강하다는 표현이 훨씬 잘 어울린다. 김광식은 노동자로서 오랜 세월 현장에서 스스로를 단련시켜온 강자다. 나는 1998년 5월, IMF로 온 나라가 위기에 빠지고, 구조조정의 쓰나미가 전국을 강타했을 때 김광식을 만났다. 그 시절 나는 집권여당의 입장에서 노무현 전대통령(당시 부총재)과 함께 김광식

위원장을 설득해야하는 입장에 있었다. 그 시절 노동자의 절박한 입장을 대변해야 했던 김광식이 보여준 부드러우면서도 단호한 투사의 모습을 나는 잊을 수 없다.

모두를 잘 알고 있지만, 김광식은 현대자동차에서 노동운동의 잔뼈가 굵은 사람이다. 그 시절 많은 사람들이 그랬지만, 운동은 그에게 감옥 생활과 고난의 길로 안내했다. 하지만 반복되는 시련과 고통 속에서도 보통 사람 같았으면 여러 번 포기했을 법한 험한 길을 그는 멈추지 않고 뚜벅 뚜벅 걸어왔다.

이 책은 한마디로 김광식이 사랑한 사람들, 그리고 김광식을 사랑한 사람들에 대한 짧은 기록이다. 당연한 얘기지만 책장을 넘기다 보니 '김광식 답다'는 느낌이 여러 곳에 묻어 있음을 알 수 있었다. 내가 익히 알았던 김광식이란 사람의 진면목을 새삼 느끼게 해주는 책이다.

이 책은 김광식의 인간에 대한 그리움과 애정이 잔뜩 묻어있는 책이다. 이 책에 나오는 사람들 중에 많은 사람들은 김광식의 지인이나 친구들이며 동시에 나의 친구들이기도 하다. 김광식에게 때로는 술잔을 내어주고 때로는 어깨를 빌려주고 때로는 마음을 준 친구들 그들에게 전하고 싶었던 김광식의 애정과 고마움이 그가 이 책을 만든 이유가 아닐까?

대한민국은 지금 위기 상황이다. 일본과의 경제 전쟁은 어떻게 귀결될지 예상하기 어려운 국면으로 흐르고 있다. 남북관계, 북미관계 등 중요한 조건들은 장기적 방향성은 정해졌다고 보여지지만 단기적 가변성은 상존하고 있다. 문재인 정부는 일자리 창출을 핵심 국정과제로 추진하여 상당한 양적·질적 개선을 이루어냈다. 이제 우리는 중앙정부가 주도하는 일자리 정책과 함께 청년과 지역이 주도하는 상향식 일자리 정책을 강력히 추진해가야 하는 시점에 직면했다. 정부는 국민적 제안을 수용하여 현장에서 체감할 수 있는 지원정책에도 노력해야 한다. 이런 상황에서 국정을 책임진 집권여당의 책임은 무겁다. 우리는 제자리에 멈춰서 편안하게 쉬고 있을 여유가 없다. 끊임없이 스스로를 변화 시키고, 발전 시켜 나가야 한다. 당과 집권세력의 안일과 자만을 방지하기 위한 새로운 인적 자원의 지속적인 충원과 영입은 이런 맥락에 서 꼭 필요한 과제다.

위기의 시기일수록 펄떡 거리는 현장의 역동성 위에서 단련된 리더십이 필요하다. 대중운동의 축적된 경험을 체득하고 있으며 동시에 공직자로서 안정적 조직관리 역량과 대안제시 능력을 겸비한 인재가 필요한 시점이다. 저자 김광식이 그동안 축적해온 생생한 현장과 공직자로서의 경험이 우리 사회의 발전을 위해 더욱 소중하게 쓰일 날을 기대하며 이 책의 일독을 권한다.

추천사

아, 김광식

문성현
경제사회노동위원회 위원장

　김광식을 보면 피가 끓는다.

모진 고난 속에서도 노동조합에 바친 청춘의 열정을 떠오르게 한다. 갖은 혼란 속에서도 진보정치를 향해 가졌던 희망을 기억나게 한다. 숱한 비난 속에서도 정권교체를 위해 뛰었던 용기를 되새기게 한다.

김광식, 그 이름 속에는 나의 열정, 희망, 용기가 함께 하고 있기 때문이다.

　김광식이 다시 끓어오르길 기대한다.

대한민국 사회 경제 격차해소에 열정적으로 도전하는 김광식으로,

울산의 일자리를 지키고 좋게 바꾸기 위한 희망을 가진 김광식으로,

정권교체에 함께 했던 사람들에게 다시 용기를 불러일으키는 김광식으로,

나는 그런 김광식과 함께 끓어오르고 싶다.

새로운 도전에 나선 김광식의 무운장구를 기원한다.

[차례]

5부 [에필로그]   203

서문

치열함. 격동. 두려움 그리고 보람. 기쁨. 따뜻함. 즐거움.

이 모든 것은 내가 노동운동과 시민사회 운동 그리고 공직 생활을 통하여 느껴본 감정들이다.

남이 찔린 칼끝보다 내가 찔린 바늘 끝이 통증이 크다고 한다.

그래서 신은 우리에게 거울신경세포의 공감능력을 주었을 것이다.

이 책에 나오는 수많은 나의 동지들과 친구들,

또 그분들의 마음을 헤아려 써 내리지 못한 만남들 모두,

나의 삶속에서 함께 하였던 눈부신 나의 친구들이다.

어줍지 않게 책 한권 쓰기가 이렇게 힘들 줄 몰랐다.

서울 출장 중 지하철 속에서 폰의 메모장에 똑딱 거리며 반년을 넘게 써

내려갔다. 차만 타면 고개를 숙인 채 핸드폰으로 글을 적으니 어느 날 수행기사 최과장님이 '우리 감사도 폰으로 게임을 하시는구나!' 하고 생각을 했다한다.

졸지에 핸드폰 게임광으로 오해를 받기도 했지만, 어쨌든 내 책은 내가 쓴다는 별다른 자존심으로 긴 시간을 보냈다.

책은 내가 아니면 쓸 수 없는 사람들의 이야기를 담았다.

그러나 내가 만난 정계, 재계의 사람들에 대한 이야기들은 담지 않았다. 좀 더 세월이 지난 뒤에, 그분들에 대한 나의 느낌, 그분들과 나눴던 고민들도 남겨보고 싶다. 각자가 살아오면서 세웠던 철학과 서있는 위치는 달랐지만 나라와 국민을 위한 의지와 열정은 다르지 않았다. 그 이야기도 적어보고 싶다.

이 책은 나의 시각으로 바라본 내 친구들의 모습이기에 다르게 생각하는 부분도 없지 않아 있을 것이다.

어설프게 써내려간 글들로 혹여 생각지도 못한 오해나 상처를 주는 것은 아닌지 한편으로는 걱정도 되고 조심스럽기도 하다. 그럼에도 나의 소중한 동지들에 대한 헌사임을 감안해서 읽어주시기 바란다.

또한 근로복지공단에서 그렇게 쓰기를 권유하는 '노동자'라는 단어, 그
노동자의 사십년간 이야기라 생각하고 널리 이해해 주기를 바란다.

흐려진 나의 기억 속에 다시 만난 친구들
그 빛나고 눈부신 친구들에게 이 책을 드린다.

2019년 8월 울산에서

김광식

1부. 근로복지공단

근로복지공단은 우리나라 전체 산재·고용보험의 실제 운영을 담당하는 거대 공공기관이다.

노동계 출신으로 이 거대 조직의 '감사' 역할을 맡고 보니 나도 모르게 큰 책임감을 느낀다.

어떻게 노동자가 어려울 때, 믿고 의지할 수 있는 최고의 사회보장 기관을 만들 수 있을까?

어떻게 투명하고 청렴한 조직으로 국민의 믿음을 받을 수 있을까?

근로복지공단 감사로서의 생활은 나에게 대안과 해법중심의 관점에서

거대 기관을 관리하는 새로운 행정경험을 안겨주었다.

어쩌면 낯설게 느껴질 수 도 있었던 그 시간동안 내 곁을 지켜주며 함께 대안을 찾아준

고마운 사람들이 있었다.

공돌이 감사해요

살면서 자신이 원하는 데를 직장으로 얻어 보람되고 즐겁게 일할 수 있
는 복을 갖는다는 게 얼마나 고맙고 감사한 일일까.

2018년 3월 26일, 5년을 더 다닐 수 있는 현대자동차를 그만두고 난
공단으로 왔다. 남들은 현대자동차를 꿈의 직장, 신이 내린 직장이라고
들 한다. 이러저러한 미움의 얘기도 하지만 가족 중 누군가 현대차 입사
를 하면 잔치를 벌이고 떡을 돌리고 축하를 한다.

난 세 번을 해고당하고 복직을 한 현대차를 스스로 그만뒀다. 그만두는
날 아내와 의논을 했다. 혼자서 결정하기에는 나에게는 책임져야 할 어
머니, 아픈 형 그리고 아내와 아이들이 있으니 말이다. 아내는 나에게 이
렇게 말해줬다.

"현대차에서 당신이 할 일은 이제 후배들이 하고 있고 시민사회의 일도
언제든 할 수 있을 것이고, 공단의 일은 지금 할 수 있는 일이니 들어가서
당신이 생각한 일을 해보라"라고.

내가 듣고 싶은 말이고 하고 싶은 말이었다.

근로복지공단 상임감사, 내가 소임을 맡은 역할이다.

가방끈 짧은 공돌이 출신 공공기관 감사는 흔하지 않다. 그래서 책임감도 크고, 현장에서 배운 철학과 경험을 '노동자들을 위해 일한다'는 근로복지공단 속에 녹여내고 싶은 욕심도 있다.

상임감사는 공단의 부정과 비리를 찾아내고 투명하고 청렴한 공공기관을 만드는 역할이다. 하지만 시스템 개선을 통해서 산재자들을 지원하고, 제도를 보완해서 공단 직원들의 업무를 경감시키는 일, 공단 직원들의 자부심과 자긍심을 높이도록 노력하는 것 또한 나의 역할이라고 생각한다.

내가 잘해야 한다. 그래야 다음에 나의 후배들이, 노동 · 시민 · 사회단체에서 역할을 했던 분들이 또 다른 내가 되어 더 좋은 역할을 하지 않겠는가. 그리고 공단의 동료들이 보람과 자긍심을 갖고 일하는 일터가 되지 않겠는가!

노동자 출신은 다르다는 호평보다, 변화를 위한 제도와 문화를 남길 수 있도록 오늘도 나는 최선을 다한다.

말 한마디

도움이 필요해서 공단으로 찾아오는 노동자들은 절박하다.

그럼에도 불구하고 위축되고, 조심스럽게 공단 문을 두드린다.

내가 기관장 회의나 청렴교육을 통해서 공단 직원들에게 당부하는 한 마디가 있다.

"공단에 산재 문제로 절망감을 갖고 찾아오는 노동자들에게 '최선을 다 하겠다'는 말을 꼭 전해 달라. 산재보상이 이루어지든 그렇지 않든 간에 그 말 한마디가 포기하는 노동자들에게 희망의 메시지로 남는다"라고.

사람의 마음을 움직이는 것은 지시로 할 수는 없다. 나의 동료들에게 진심으로 부탁하고 제언하는 수밖에..

어떤 일이든 기다림은 힘든 시간이다. 특히 일하다가 다친 사람들에게 산재 승인과정은 하루하루 피가 마른다. 공단은 절차대로 진행한다고 하지만, 노동자들의 입장에서 생각해보면 조금 더 친절한 공단이 필요하다. 내 첫 번째 업무지시가 '산재 승인과정 알림 문자서비스 구축'이었다.

얼마 전 97년도 현대자동차 산업안전보건부장을 했던 박병석 울산시의원이 '조합원이 산재처리과정 문자 알림 서비스를 받아서 좋았다'는 이야기를 전해주었다.

이런 소식을 들을 때 나는 콧구멍이 벌렁한다. 현장에서 들려오는 '공단이 (노동자들에게) 많이 친절해졌다'는 소식에 나도 공단 직원들도 기분이 좋아진다.

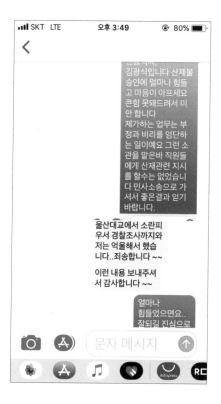

수행기사 최 과장

깍두기 머리, 항상 검은색 옷을 입는 눈물 많은 친구, 최 과장은 나의 수행기사다. 아침부터 저녁까지 내 모든 일정을 함께 한다.

최 과장은 장거리 운행 중에는 아침을 일부러 먹지 않는다. 운전 중에 배탈이 나거나, 졸음이 쏟아지는 것이 두려워서라고 했다.
54개 지사, 본부 6개, 질판위(질병판정위원회) 6개...
전국 공단 산하 기관을, 20년간 아홉 명의 감사와 함께 얼마나 다녔을까?
그런 최 과장이 최근에 하늘을 처음 봤다고 했다.

이 친구에 대한 최소한의 나의 배려는 조금 일찍 출발해서 충분한 시간을 갖고 목적지에 도착하도록 하고, 그 사이사이 휴게소에서 휴식을 취하면서 커피를 한잔하는 여유이다.

깔끔한 스타일에 귀에 이어폰을 꽂고 있어서, 가끔 늦은 일정으로 대기할 때는 대리운전기사님으로 오해를 받기도 한단다.

소심한 AB형에 최고집이라고 얘기하는 그가 나를 만나고 나서 마음이 편해져서 살이 몇 Kg 쪘단다. (요즘은 다이어트중)

오늘 최 과장은 기관장 회의를 갔다 오는 길에 귀에 꽂은 이어폰을 끄고 자신이 즐겨 듣는 음악을 들려준다며 노래를 튼다.

'은희의 꽃반지 끼고..'

은희의 꽃반지 끼고..

세상의 편견과 차별을 벗어나서 꽃길만 걸으시라.

최 과장을 만나고 며칠 후 나눈 이야기가 있다.

우리는 동료고 파트너라고..

기억합시다. 최 과장님^^

실땅님

내가 근로복지공단에 와서 처음 만나서 지금껏 함께 일하고 있는 감사 실장, 유합성 실장.

노동자로 야학을 통해서 대학을 가고, 공단에서 1급까지 오른 그는 내가 보기에는 입지전적인 사람이다.

강원도 사람인 유 실장은 따뜻하고 푸근한 리더십의 소유자다.

공단의 직원들 속에서 평이 상당히 좋은 유 실장이 있어서 나는 업무에 대한 적응도 어렵지 않았고, 일의 진행이나 제도의 개선도 잘 해내고 있다. 강원도 사람인 유 실장은 따뜻하고 푸근한 리더십의 소유자다.

감사는 레드 램프, 문제를 제기하고 지적하고 사후 처리하는 역할을 해왔다. 나는 예방을 뛰어넘어 가야 할 길을 제시하는 감사가 되어야 한다고 생각했다. 나는 일명 '신호등 감사 Signal Lights Auditor'를 제시했고, 유 실장은 이를 바탕으로 '청렴 패트롤'이라는 개념을 만들었다.

범죄 예방을 위해 경찰이 수시 또는 정기적으로 순찰하는 것과 같은 상시 방문 감사, 심층면담을 통해 애로사항을 청취하고 공감하는 감사로 방향을 만드는 역할을 함께 했다.

그런 그가 얼마 전 화성지사장으로 발령을 받았다. 조금 더 곁에서 공단의 미래를 함께 의논하고 싶었지만, 또 다른 그의 역할이 있을 거라 믿는다. 야학 때 만나서 함께 해로해가는 아내, 늦둥이 쌍둥이들과 특유의 너털웃음을 터트리며 잘 살아가기를 축원한다.

이 책을 쓰는 동안 지난 7월 3일 감사실장이었던 유합성 화성지사장의 부인께서 소천을 하셨습니다. 야학을 통해서 만나고 오랜 세월 충실한 기독교인이었고 뒤늦게 낳은 고등학생 두 자녀들을 남기고 평화로운 주님의 세상으로 홀연히 가셨습니다. 고인의 명복을 빌며 유합성 지사장님과 두 아이들에게 위로와 애틋한 마음을 전합니다. 아내와 어머님을 기억하고 남은 가족들이 서로를 보듬고 위하는 가정으로 살아가기를 바랍니다.

경우 바른 심경우 이사장

심경우 이사장은 전(前) 정부에서 임명됐고 난 현(現) 정부에서 임명됐다. 어떤 이들은 그래서 서로 갈등 혹은 미묘하게 어색한 긴장감이 흐르지 않을까 생각을 하지만 실은 전혀 그렇지 않다.

우리는 국민을 위한 공단을 만들기 위해 서로의 역할에 최선을 다할 뿐이다. 단지 심 이사장과 나와의 차이가 있다면 이사장은 잘 생기고 키 크고 가방끈이 길다는 거~^^

일 년을 넘게 공단을 이끌어 오면서 심 이사장과는 한 번도 의견의 차이가 없었다. 이사장은 엔진의 역할을, 나는 감사로서 브레이크의 역할과, 좋은 엔진오일로 최선을 다할 뿐이다.

노동부의 오랜 공직 경험과 업무의 적극성도 뛰어난 심 이사장과 공단에 함께 있으면서 나나는 공단의 직원들에게 꼭 좋은 선배로 따뜻한 동료로 기억되고 싶다.

나는 얼마 후 공단을 나갈 것이다. 난 이곳을 예전처럼 지나갈 것이고, 나의 기억에 자랑스러운 그리고 고마웠던 직장으로 남기를 바란다.

우직하고 꾸미지 않는 위원장 김종섭

공단에 부임해서 첫 출근 날, 공단보험노조와 병원노조를 방문했다. 김 위원장은 공단의 9개 노조 중 가장 큰 보험노조의 위원장이다.

김종섭 위원장은 내가 좋아하는 촌놈 스타일에 우직한 사람이다. 꾸밈도 속임도 없는 그가 다짜고짜 "자율감사를 없애 달라" 한다. 피로도가 너무 높고 업무가 과중하다고 처음 본 감사에게 당당히 제언한다.

고민스럽고 또 고민스러웠다. 내 몸의 먼지를 씻어내듯 해야 하는 자율감사를 없앤다는 것이 쉽지만은 않은 일이었다. 그런데도 작년에는 58개 매뉴얼을 18개로 줄였고, 올해는 그마저도 아예 없애 버렸다. 대신 감사실 직원들이 좀 더 수고하는 것으로 대체했다.

다 싸잡아 얘기할 수는 없지만, 과거 비정상화의 정상화라는 터무니없는 정책 방향으로 공공기관 공직자들의 처우는 줄어들고, 조합 간부의 권한은 올라가는 정말 비정상적인 현상이 나타났었다. 왜냐하면 조합 간부의 동의를 얻어내야 재정을 줄일 수 있었으니 말이다.

김 위원장은 조합원의 권익과 노동조합의 권위를 같이 올려냈다고 난 평가한다. 그의 소탈함과 합리성과 적극성이 노·사 관계를 균형 있고 조화롭게 만들었다.

노동 존중 사회로 가는 길에 그와 함께함이 자랑스럽다.

그리고 한마디 "노동조합이여 영원하라!"

여장부라 불리는 산재병원 최숙현

문성현 형님과 함께 노조위원장들을 만나서 대선 승리를 조직하러 다닐 때 만났던 위원장을 공단에 와서 다시 만났다.

누군가 이 친구를 가리켜 '여장부'이라 했는데, 이는 틀림이 없는 말이다. 지금은 위원장직을 끝내고 순천병원에 가 있다.

최숙현은 뛰어난 활동력과 친화력을 갖고 있다.

공단에 와서 나는 최숙현 전 위원장과 수시로 만나서 공단의 산재병원의 문제를 논의 했었다.

그러던 그가 이제 재충전의 시간을 갖게 되었다.

나는 이 친구가 쉬는 기간 자신을 더욱 사랑하고 아끼는 여유를 가졌으면 한다. 일에 빠져서 돌보지 못했던 최숙현 자신을 위로함이 제대로 되면 더욱 크게 성장하리라. (내가 부채도사인가? 예언까지…)

공단에 와서 좋은 동지를 얻었다.

최숙현은 나의 동지이다.

달려라 하니, 변미영 위원장

새롭게 취임한 병원노조위원장 변미영은 달리고 또 달린다. 내가 부임했을 때 사무국장이었던 그가 위원장이 되었다.

병원은 잦은 채용과 이직으로 부산하다. 10개의 산재병원으로 구성돼 있는 공단병원은 치료와 재활을 중심 사업으로 한다. 3천5백여 명의 직원으로 구성돼있는 병원노조를 책임져간다는 게 쉬운 일이 아니다.

그러나 나는 변위원장이 사무국장이 아닌 위원장으로서 새로운 모습을 보일 것이라 믿는다. 정기대의원대회에서 취임사를 전할 때 이미 새로운 메시지를 전해줬다. 통합과 대단결의 원칙 잊지 말길 바란다. 지난 번 나를 찾아왔을 때 직위와 직책을 떼고 선배로서 그에게 진심으로 말했다. 조합 활동가를 넘어서서 사회적 약자와 연대하는 노동운동가로 독립적이고 주체적인 노동조합의 지도자로 달려가라고.

그래서 나는 외로워도 힘들어도 달리고 또 달리는 하니 위원장이 되길 응원한다.

변미영 위원장 화이팅!

구두사장님 박관석

공단에 일주일에 두 번, 화요일과 목요일 점심나절에 구두를 수선하거나 닦아주시러 오시는 구두 사장님이 계신다.

나와 비슷한 연배의 구두 장인이신 이분이 구두를 닦거나 수선하실 때 온 정성을 다하시는 모습에 직원들의 호평이 자자하시다. 나도 일주일에 한 번은 이분이 빈손으로 돌아가지 않도록 구두를 닦거나 수선을 맡기기도 한다. 그러면서 내가 가능한 반듯이 하는 행위가 있다.

나의 구두를 맡김에 있어 조력자인 비서에게 전달하기보다는 꼭 내 손으로 전해드린다. 깊게 생각해보진 않았지만 찾아보면 두 가지 의미가 있다.

구두를 빛나게 해 주시는 구두 사장임을 존중하는 의미이고, 굳이 구두를 나의 비서에게 맡기는 건 아니다는 생각에서 처음부터 내가 들고나가서 구두 사장님을 맞이했다.

"사장님 어서 오세요, 고생 많으시죠? 잘 부탁합니다."

구두사장님은 힘 있게 답장 주신다.

"네! 감사합니다."

손끝이 갈라지고 패인 틈 사이로 구두약이 까맣게 채워진 노동의 손, 자

랑스러운 일하는 손이 나는 고맙고 기분 좋다.

　노동자 출신인 내가 언제부터 구두를 신고 다녔겠는가! 평생 안전화나 운동화만 열심히 신고 다녔을 뿐.

　그러나 지금 나의 발에는 구두가 신겨져 있고, 나의 온몸을 힘 있게 지탱해주는 내 발 보호자인 구두와 그 구두를 챙겨주는 구두 사장님이 있다. 감사한 일이다.

　뒤늦게나마 나와 함께 한다며 주변 지인들에게

정당을 추천해주고 나와 함께 당원이 되어

주심에 가슴 깊은 고마움을 전한다.

　끝으로 책에 이 내용을 쓰겠다고 하니 부끄럽게

자신의 내용이 누가 되는 게 아니냐고 전하는

박관석 사장님께 당신의 삶과 나의 삶이

부끄럽지 않고 당당하고 자랑스러운

모범적인 삶이 되도록 당당히 나가겠다는

약속을 드린다.

울산공공기관 감사협의회

내가 협의회 회장의 역할을 맡고 있는 울.감.회는 여덟 개의 공공기관 감사 기구로 이루어져 있다.

가장 선배이신 동서발전의 성식경 감사님은 스타일리스트이며 사진에 조예가 깊으시다. 선배이신 만큼 후배들에 대한 사랑이 크신 분이다.

석유공사 윤의식 감사님은 감사원의 고위공직자로 오신 선배이시다. 감사가 나아가 방향에 대해 항상 귀감이 되어 주신다.

내 책의 군데군데 나오시는 산업인력공단 최유경 감사는 더 말할 나위 없이 통 큰 그러나 섬세한 감사이다.

에너지관리공단 임상경 감사는 내가 배우는 게 많은 좋은 친구이다. 나이 두 살 많은 나를 알뜰히 선배로 대우하고 울.감.회의 방향을 올바르게 제시한다.

막내 안전보건공단 임동욱 감사는 늘 푸근한 얼굴로 항상 주변에 유쾌함을 안겨준다. 건강을 생각해서 흡연을 줄여야 하는데..

에너지연구원 옥우석 감사는 비상근이며 대학에서 강의를 하시는 교수여서 늘 바쁘시다. 그러나 울.감.회에 애정이 많고 항상 부지런하다.

내가 홍보대사로 있는 UNIST 과학기술대학 감사는 아직 공석이다. 울산의 자랑인 대학의 감사가 하루빨리 임명되길 바란다.

우리 감사협의회는 내용의 깊이와 실천의 결의가 과거와는 크게 다르다.

내가 처음 임명되었을 때만해도 울.감.회의 모임 구성과 방향 설정은 대단히 형식적이었다.

3개월씩 기관이 돌아가면서 회장의 역할을 하고 회의 진행도 내용도 빈약한 듯 보였다.

그러나 문재인정부의 감사들은 달랐다. 누가 먼저라 할 것도 없이 사회적 가치의 중요성과 지역 민, 관의 거버넌스를 만들기 위하여 앞장서 나갔다.

내가 협의회 회장을 맡고 나서 우선 지역의 사회적 약자, 일거리, 일자리 챙기기에 협의회는 앞장섰다. 과거에 기관별로 진행했던 복지단체 지원 사업도 중구의 보리수마을(모자보호시설)로 뜻을 모아서 연초 십시일반 성품과 성금을 지원했다. 물론 과거에도 공공기관의 복지기관 후원은 늘 있어왔던 일이다. 그러나 문제는 지속성의 문제이다. 아울러 발달장애인 세차사업(세차량)지원을 울.감.회 공식의제로 선정해서 만장일치로 통과 시행하고 있다.

이 밖에도 울산광역시 에너지 특보를 초청해서 울산의 에너지 정책 강의를 통해서 에너지 공공기관과의 조력 관계를 설정토록 유도하고 성폭력 조사 교육, 청렴 역사기행, 사회적기업과 공공기관의 협치 강의 등 문재인 대통령님의 국정철학을 일선에서 빈틈없이 실행하는데 걸림돌이 없도록 공공기관의 감사로, 경영의 임원으로서 역할을 해나가고 있다.

촛불이 만든 시민의 정권이다. 문재인 대통령의 사명감은 남다르고 국정 철학인 정의로운 세상을 만들기 위한 노력은 뜨겁고 감동적이다. 시민을 위한, 국가를 위한 성공으로 반듯이 달려가야 한다.

그것이 우리가 대통령께 임명장을 받은 이유이다.

임기제 공직자는 임기가 바뀌면 또다시 시스템이 바뀌기 때문에 말짱 도루묵이라 한다.

그러나 동지섣달에 내린 눈이 녹아내린다 하더라도 대지를 적시고 생명이 움트는 봄날 생명수가 되리니, 덕은 먼지처럼 쌓여서 돌처럼 굳고 바위가 되고 산이 된다.

민감(民監)

내 폰에 단체 톡방 중 '민감(민주 감사)'이라는 톡방이 있다

내가 붙인 톡방 이름이다. 감사로 임명되면서 감사 전문가 과정을 교육받아야 하는데 서울대에서 십 개월간 월 2회씩 5시간을 교육에 임해야 한다.

그 과정 속에서 만난 지금의 한국감사협회 류근태 회장과 동기들은 유쾌하지만 치열했던 일들을 저지르기도 했다.

정권이 바뀌고 대통령의 국정 철학이 새로워짐에도 불구하고 모든 것 다 누린 누리당 출신의 전 감사가 현직도 아닌 전직임에도 그릇된 규정·규약을 통해서 출마를 시도하려는 것을 민주 감사 동지들의 준엄하고 옹골찬 대응으로 바르게 새 지도부를 구성한 것이다.

내가 존경하는 선배님들.

이춘구, 이태한, 박영춘 선배님, 언제나 따뜻한 박일환. 김명곤. 송기정 감사님, 쾌활한 조양래 감사님, 해병대 정신으로 전진 앞으로! 후퇴 없는 이재강 감사님. 합리적인 민주투사 포근한 나의 동지 배외숙 감사님, 동

기는 아니지만 사통팔달 씩씩한 최충민 감사님 등.

열정과 패기로 뭉친 감사들이 아니었으면 아직도 과거의 올무에서 빠져 나오지 못했을 것이다. 1년간 그리고 지금까지 우리가 관계를 이어올 수 있었던 것은 이 사회에 대한 정의 실현과 문재인 대통령으로부터 부여받은 청렴한 국가 만들기의 임무가 있기 때문이다.

권위는 버리고, 시민 존중은 높이고, 게으름은 떨치고, 공직 기강은 세우고, 수백, 수 천 명의 문재인으로 각각의 공공기관에서 역할을 다 할 것이다.

2부. 노동조합

우리는 처음에 운동을 시작할 무렵부터 공장 밖의 투쟁과 실천에 관심이 많았다.

노동운동의 궁극적 해결은 결국 '정치' 문제로 귀결 될 수밖에 없었기 때문이었다.

그러나 진보정당운동은 성과를 내지 못한 채 너무 일찍 한계를 드러냈다. 과연 대안의 길은 어디인가? 라는 진지한 시대의 질문 앞에서 같이 머리를 맞댄 사람들이 있었다.

그들은 때론 공장에서, 때론 지역에서 묵묵히 변화하는 시대를 바라보며 우리가 해야 할 작은 실천에 대해 끊임없이 생각하고 판단하며 끊임없이 새로운 시도를 멈추지 않았다.

난 억울하다

가난한 집에 태어나 어릴 적 배곯은 게 억울하다.

좀 더 커서는 가족들 생계 책임진다고 젊은 날 연애 제대로 못 해본 게 억울하다. 먹고 산다고 데이트 재미있게 못 해본 게 억울하다.

노동운동하면서 두려울 때면 조금은 비켜서 있고 싶었으나, 동지들을 보면서 책임지겠다고 힘들지 않은 척한 것이 억울하다. 나도 힘들고 무서웠다.

좀 더 일찍 더 넓은 세상으로 나오지 않은 게 억울하다.

십 년 전 태화강을 걸어서 출·퇴근할 때 오른쪽에 활짝 핀 꽃들을 보지 않고 왼쪽에 흘러가는 강물만 보다가 어느 날 옆에 핀 꽃을 보고 '내가 한쪽만 보는구나!'라고 생각한 걸 주변에 전했다. 그때 용기 내어 담벼락을 넘어 나와서 세상의 이야기를 용기 있게 전하지 못한 나.

나는 지금 그 모든 억울함을 풀고 있다.

세상에 나처럼 살아왔고 지금도 그렇게 살고 앞으로도 그렇게 살아갈, 수많은 노동자의 무수한 억울함을 풀기 위해 그리고 나의 억울함을 풀기 위해 용기를 내보련다.

우리 형

세 살 위의 우리 형은 순둥이였다.

좋은 말로는 순박하고 나쁜 표현으로는 어수룩한 사람, 약간 부족한 사람.. 형으로부터 노동의 두려움을 알게 됐다면 틀린 표현일까?

중학교를 졸업한 형은 잡화상 점원으로 취직했다.

시간이 날 때면 커다란 짐 자전거로 학교 갔다가 오는 동생을 태우러 와주었다. 나는 짐칸에 가방을 안고 타서 내리막길의 바람을 가르며 내려갔고 친구들의 부러운 시선을 받기도 했다.

형이 아이스케키(아이스크림) 공장에 다니던 어느 날 나는 어머니의 심부름으로 형의 월급을 받으러 공장에 간 적이 있었다. 그 시절 가난했던 우리 형 또래의 형과 누나들은 기숙사란 표현도 적절치 않은 옹색한 방두 칸에 오글오글 모여서 먹고 자면서 일을 했고, 나는 한 달에 한 번씩 형의 월급을 받으러 가야 했다.

처음 월급을 받으러 가던 날, 어린 나이에 피곤과 더위에 지쳐서 냉동고 안에서 자다 들켜서 사장님께 온갖 욕을 들어먹는 형을 보았다.

"이 새끼가 뒈지려고. 냉장고에서 쳐 자빠져 자고 있네!" "이 새끼야 냉동고에서 자다 뚜껑 닫으면 뒈져 병신 같은 새끼야. 너만 뒈지냐? 나도 신세 조져 개새끼야!"

그 나이에 들도 보도 못한 욕을 한 바가지 듣고 있는 형이 불쌍했고 나도 그 노동으로 팔려나갈 수 있다는 생각에 두려움이 앞섰다.
그리고 삼 년 뒤 나도 공장으로 갔다.

대부분의 사람이 가족을 떠올리면 어머니나 혹은 아버지를 먼저 떠올리는데 나는 형 생각이 가장 앞선다. 함께 언론인(신문 배달)으로 생활했던 시절의 기억, 나는 프레스공으로 형은 금형공으로 고무신 공장에서 함께 일하면서 방 두 칸짜리로 이사했던 기억, 절망과 좌절감으로 망상장애가 와서 부·울·경의 병원이란 병원은 다 다니면서 입원과 퇴원을 반복하던 기억, 어려서부터 순해서 저항 한번 못했던 형에 대한 기억 등.

죽음마저 알리지 않고 평생 바람피우다가 자식들에게 가난과 상처를 남기고 간 아버지, 실향민으로 북한에서 넘어오셔서 남편에게 버림받고 슬픔에 사신 자그마하신 어머니.
아내는 가끔 내게 돌연변이라고 말하곤 한다.
가족들에게 책임감과 생존본능이 뛰어난 사람이라며.

틀린 말은 아닌 것 같다.

노동은 신성함에 앞서 두려움과 고통의 행위이다.

자식들을 펜대 굴리는 사무직 노동자로 만들기 위해 뼈 빠지게 벌어서 과외로 학원으로 지원하기보다, 노동이 신성함으로 느껴지도록 구조를 바꾸는 데 우리의 노력을 기울이는 것이 더 현명하지 않을까?

손톱 밑에 가시 하나

어디서부터 얘기를 해야 하나?

마음이 저려 오는 후배 해민이.

입사하면서부터 함께 공부하고 활동하고 늘 곁에 있었던 동생이 있었다. 지금은 없다.

꼬장꼬장한 성정이어서 그 친구 앞에서는 융통성, 유연성을 얘기할 수 없었다. 가장 일찍 일어나서 가장 늦게까지 일하는 친구. 남이 싫어하는 일, 힘들어하는 일, 어려워하는 일을 마다하거나 피하지 않고 묵묵히 하던 친구. 지금 같으면 두 살 많은 것이 별것도 아닌데 꼬박꼬박 형으로, 선배로 따르던 동생이었다.

그는 2015년 전국노동자대회 다음날 세상을 떠났다.

1998년 현대자동차 구조조정 시기 정리해고를 당한 것도 아닌데 회사가 싫고 노동자를 버린 정권이 싫다며 내가 구속되어 있던 어느 날 철학이 있는 농부가 되겠다며 울산을 떠나 버렸다.

입사 후 만난 해민과 나는 현장에서 노조 민주화를 위해서 함께 투쟁하고 함께 학습하고 같이 현장을 조직했었다. 소개로 아내의 후배인 태은정과 만난 후에도 형들이 구속되고 수배 받고 해고될 때마다 늘 뒤치다꺼리는 해민이의 몫이었다. 비쩍 마른 몸에 건강이 안 좋아서 술도 담배도 하지 않는 그였다. 그 친구가 있으면 주변 사람들이 화투, 당구, 노래방은 생각도 못 하고 술도 거의 마시지 못했다. 충북 제천 출신이라 말투가 강원도 억양이었던 그는 가족끼리 모여서 술 마시거나 하면 "거 그딴 거 왜 마셔여? 몸에도 안 좋은 거 그냥 과일이나 먹어여~" 우린 그 친구 덕분에 모여서 화투를 치거나 다른 잡기를 하는 일은 거의 없었다.

과일 먹고 떡 먹고 가족들과 수다 떨고..

자주는 아니더라도 가끔 연락하고 오가며 서로를 챙겼던 그 친구가 한동안 연락이 없고 전화를 해도 받지 않았다. 바빠서 그러려니 했다. 그러다 2015년 초겨울 해민이의 지인으로부터 위중하다는 얘길 전해 듣고 두말도 없이 아내와 급히 차를 타고 제천으로 올라갔다.

피골이 상접한 모습을 그의 모습을 보고 나는 할 말을 잃었다. 나아서 연락하려고, 아픈 모습 보이지 않으려고 연락을 안 했단다. 위암 말기라 한다. 미치고 풀쩍 뛸 일이다. 왜 그동안 알리지도 않고..

그는 얼마 뒤 세상을 떠났다. 나이 오십에 한창 재밌을 나이에 철학이 있는 농부가 되고 싶었던 해민이는 땅 잘못 사서 사기당하고, 택시 운전에 골병들고 그럼에도 불구하고 열심히 주변 챙기며 가족들과 알콩달콩 살던 해민이는 세상을 떠났다. 떠나면서도 함께한 동지들에게 엷은 미소를 보여주고 떠나 버렸다.

그가 내 귓속에 남긴 한마디 말이 있다.
"형, 다 부질없는 일이야.. 남 미워 말고 원망 말고 살아.."

해민아 잘 가라.. 다음엔 노동자로 태어나지 마라..

내가 지금 아무리 어려운 일이 있어도 가능한 웃는 것은 그때 그 친구의 말 때문이다.
"미워 말어.. 원망 말어.." 그래도 화날 일이 많지만….

나의 빽

    지금은 잘 먹고 잘살지만 지지리도 힘들고 어려운 시절이 있었다.

    왜 그리 해고되고 수배 받고 구속되면 이사 갈 일이 많은지 나의 주민등록표를 보면 전입, 전출 간 횟수가 정말 많다.

    가진 것 없이 시작된 결혼생활, 수배 받던 아내와 나는 무거동에 방을 얻었고 그로부터 수차례 이러 저러한 이유로 이사를 하게 되었다. 지금이야 포장이사로 간편하게 진행되지만, 예전이야 어디 그랬는가.

    이사 갈 때마다 같이 일하던 사람들이 휴일을 반납하고 달려와서 함께 짐 나르고, 짐 풀고, 짜장면 한 그릇에 소주잔 나누고 비록 전세방으로 옮겨도 집들이하고 그게 사는 재미였다.

    하지만, 나는 이사 다닐 때 마다 이사의 주체로서 역할을 거의 못 했다. 이사 갈 때마다, 나는 수배를 받거나 구속 중이라 이사는 나 빼고 진행된 날이 많았다. 그럼에도 그렇게 이사 간 집에 수배가 해제되거나 석방되거나 하면 빠지지 않고 찾아 들어왔다.

    내가 그렇게 손 안 대고 이사할 수 있었던 것은 내게 든든한 빽이 있었기 때문이다.

　삼십 년을 함께한 그들.

　그들은 나와 함께 공돌이에서 노동자로 세월을 함께한 같은 반 사람들
이다. 지금은 공장의 많은 변화로 다른 부서에 가 있는 사람들도 있지만
삼십 년을 늘 궂은일 좋은 일이 있을 때마다 함께 하는 나의 든든한 빽,
바로 동지들이다.

　가장 먼저 3년 전 정년퇴직하신 우완이 형님, 나랑 함께 작년에 퇴직한
서하원 형님, 퇴직을 한해 남긴 대훈 형, 홍수 형, 현배 형, 부근 형, 철희
형, 희육 형 그리고 이종국 회장, 희수계장, 내 친구 치동, 봉세, 현일, 삼
락이, 동화, 만곤, 석준, 호철, 영은, 주철이, 종대, 제윤, 봉규, 성복이, 막
내 경환이(연예인 상 받는 것도 아니고 이하 이름 생략)까지 이칠 공조회
와 28반 사람들이 없었으면 지금의 나는 없다.

　비가 오나 눈이 오나 그들은 나와의 의리와 인연을 소중히 했고 나는 그
분들에게 약속을 지켰다. 노동자의 철학을 지키고 살겠다는 약속.

　그들이 있기에 오늘의 내가 있다.

　어렵고 힘들어도 때론 주변의 비난과 질투, 시기가 있었어도 그들이 보

여준 한결같은 믿음은 내가 앞으로 나아갈 수 있었던 큰 축의 하나였다.

지금도 가끔 모여서 술도 한잔하고 이야기도 나눈다.

이들과 만남에는 진보도 보수도 좌도 우도 없다. 오로지 정과 의리와 믿음만이 있을 뿐이다.

반원들끼리 교대로 감옥에 있는 나를 면회 오고 집회 때 다가와서 슬쩍 엉덩이를 치고 가는 그 따뜻한 정을 나는 잊을 수 없다.

\# 공돌이가 노동자로, 노동자가 올바른 시민권을 확보해서 존중받은 그 날까지 그들은 나에 믿어 의심치 않는 진정한 빽그라운드가 돼 줄 것이다. 그래서 나는 그들을 믿고 간다.

서초동 국밥집

98년도 조합원 150명 정도를 선발대로 구성해서 서초동 대검찰청에 항의 방문을 하러 갔다. 항의를 마친 조합원들은 허기진 배를 채우려 근처 국밥집으로 이동했다.

날씨가 쌀쌀했다.

다들 허겁지겁 배를 채우고 있었지만, 나는 책임감도 무겁고 시기도 엄중한 시기인지라 입맛도 없고 해서 바깥에 나가 담배를 피우고 있었다.

그때 아주머니 한 분이 다가와서 물었다.
"아저씨 왜들 이렇게 오셨어요?"

피곤하고 힘든 상태였지만 조곤조곤 온 이유를 설명해드렸다. 설명이 끝나자 아주머니가 고개를 끄덕이며 들어가더니 "애야 오늘 밥값 받지 마라~" 하신다.

그 덕에 150명이 공짜로 밥을 먹었다. 조금 전까지만 해도 밥공기 숫자로 열심히 실랑이를 벌이던 김재영 부장은 병쪘다.

 세상에는 우리 마음을 알아주는 분, 절박함을 이해해주는 분들이 많았다. 참 고마운 기억이다. 꼭 찾아뵙고 싶은 분이다. 20년이 지난 지금도 잊히지 않는 소중한 기억이다.

바비야 욕본다

하이얀 밥만 보면 허겁지겁 먹어대는 그의 별명은 '밥'이다. 90년도 겨울 처음 보았고, 지금껏 함께하는 그는 고려대 법대를 다니다가 현장 활동에 투신한 학생 출신 노동운동가였다. 나이는 나와 동갑인데 머리숱이 남들보다 적어서 그 당시 그는 나보다 열 살은 많게 보였다. 중공업 128일 투쟁 때 유인물을 갖고 회사에 들어가도 검문을 받지 않던 뛰어난 외모는 그에게 최고의 장점이었다.

그런데 세월이 삼십 년 가까이 지난 지금은 상황이 완전히 달라졌다. 남다른 미모를 지키고 있던 친구는 늙지 않는다. 피부의 탱탱함, 윤기가 세월을 가둬 버렸나 보다. 지금은 머리 허연 나보다 젊게 보이니 신은 공평하다.

바비는 지금 울산시 노동보좌관 역할을 맡고 있다. 어공(어쩌다 공무원)이 된 것이다. 그는 나에게 노동자의 철학과 경제학을 가르쳐준 선생이기도 하다.

밖에 있던 학출 선생들이 정파 관계를 떠나 합의한 사건이 하나 있었다. 1991년 본격적인 더위가 시작되기 전이었고, 강경대 열사를 비롯하여 분신정국으로 나라가 어수선하던 시절이었다.

학출들은 기세를 살리기 위한 수단으로 현장 라인을 끊자는 합의를 했다. 그 당시 현장 대의원의 잔업과 태업 등에 대한 통제력과 신뢰는 절대적이었다. 그러나, 이 사안에 대해서는 찬반 논쟁이 이어졌다. 무모해 보인다는 의견, 시국의 문제로 현장 컨베이어를 끊는다는데 대해 조합원이 동의할 수 있겠냐는 의견 공방 끝에 우리는 처음으로 투표를 했다. 1표 차이로 현장라인을 끊자는 요구는 묵살되었다.

현장의 상태와 조건을 고려하여 판단할 만큼 우리는 성장했고, 선생들은 현장의 판단을 믿어줬다.

나는 가끔 "고려대 나와서 너보다 높은 사람은 없다"라고 그에게 농을 하기도 한다. 배관공으로 그 높은 곳까지 올라가서 작업하는 그보다 높고 가치 있는 일을 하는 고려대 출신이 얼마나 있을까? 현장에 투신해서 노동운동을 하다가 한 사람 두 사람 현장에서 빠져나가 살길을 찾아갈 때 바비는 떠나지 않고 늘 우리 곁에 있었다.

함께 노동운동을 하던 시절, 그는 감옥에 있는 나를 대신해 살뜰히 내 가족을 챙겨준 친구이기도 하다.

그런 그가 때론 주변 사람들에게 두려움의 대상이기도 한다.

왜냐고? 그는 한번 말하기 시작하면 좀처럼 그치지 않는다. 고집 세고 주장도 강하고 말이 길다. 이를 아는 이들은 가능한 그에게 질문을 많이 하지 않는다. (^^)

바비는 불과 얼마 전까지도 플랜트 배관공으로 일하다 지난 지방선거 때 송철호 시장의 정무 특보로 활동하면서 지금은 노동보좌관으로 일하고 있다.

바비의 진정성은 의심받지 않는다.

바비는 현장에서 늘 함께했다. 공사판에서 막일하면서 노동자들과 학습 모임을 했고, 민주노동당 북구지구당 위원장 때에도 노동자를 조직하고 플랜트에서 배관공으로 일하면서 늘 현장 노동자들과 함께했다. 그래서 그를 만나는 사람들은 그의 진정성을 의심하거나 왜곡하지 않는다.

다만 한 가지!

"바비야 말 좀 줄여라~ 그리고 일 중독에서 벗어나거라~

네 옳다는 생각을 내려놓거라^^"

※ 어공과 늘공이 함께 하려면

모르면서 아는 척 말아야 한다. (궁금하면 물어라)

따듯하고 다정하되 원칙과 소신을 굽혀서 안 된다.

늘공보다 부지런해야 한다.

대접받는 데 익숙해져서는 안 된다. (의전을 파괴하라)

가장 중요한 한 가지 늘공을 이기려 하지 말고 함께 가려는 신뢰를 형성하라.

고등학생들에게 삥 뜯길 뻔..

91년도 성과 분배 투쟁 당시 나는 2계급 특진에 삼백만 원의 현상금이 붙어 있었다.

수배를 받던 중 우리 투쟁의 정당성을 호소하고 사회적으로 알릴 곳은 그 당시 야당인 민주당밖에 없었고, 민주당 점거를 실행하기 위해서는 검문을 뚫고 서울로 상경을 해야 했다.

우여곡절 끝에 한 동지가 준비해준 오토바이에 몸을 싣고 덕하역 근처로 갔다. 긴장 속에서 구석진 골목을 통해 역 쪽으로 향하는데 어디서 부르는 소리가 들렸다.

"야!~ 야 인마! 일로 와봐라!"

주변을 둘러봐도 나를 부르는 네 명의 남녀 고등학생과 나밖에 없었다. 잘못 들었나 싶어 가려는데

"야 이 새끼야 일로 와보라니까!"

"저 말입니까?"

"그래 여기 니 말고 누가 있노?"

와.. 환장할 뻔했다. 술 취한 고등학생들이 나한테 삥 뜯으려 부르는 것
이다. 헐~

다행히 옆에 있던 술 취한 여고생의 한마디가 날 살렸다. "오빠야 착하
게 생겼는데 그냥 보내라~"

휴~ 살았다.

그 학생의 말 한마디로 안 맞고, 삥 안 뜯기고, 다행히도 무사히 기차에
탔고, 난 며칠 후 민주당으로 들어갈 수 있었다.

내 친구 재인이

맘 여린 친구가 있다. 똑똑한 친구다. 잡기에도 능하다. 바둑, 당구, 화도(?)... 바둑은 이급 정도고 당구는 사백을 친다나? 화도(?)는 레벨을 모르겠고.

농성할 때 바둑 두고 늦잠 자다가 성질이 불같았던 나에게 잔소리도 많이 듣던 친구다. 두 번의 징역을 나와 같이 구속돼서 고생한 재인이는 88년도인가? 그즈음에 만났던 것 같다.

현대자동차에 입사해서 노동운동을 해보겠다고 주변을 조직해서 학습팀을 만들려고 했을 때 이 친구를 만났다. 그때 재인은 나보다 먼저 학생 출신의 소위 인텔리라는 친구들과 공부를 하고 있었다.

재인이 별명은 수박이다. 겉은 파란데 속은 빨간 수박.
그와 나는 성격도 스타일도 다르다. 그런데 내 옆에 항상 있었고 주변 사람들도 나랑 절친이라는 걸 부정하지 않는다. 그렇다면 절친인 게지!

양봉수 열사가 분신하고 노조 민주화 투쟁을 진행하면서 재인이가 구속되었다. 집행유예가 남아 있어서 실형을 받게 되면 감옥에서 꼬박 2년을 살아야 했다.

그때 그 친구는 연애 중이었는데 먼저 구속된 내가 석방되어 친구의 연인이 도망가지 않도록 친구의 여친 사수대를 자임하였다. 그와의 면회를 주기적으로 주선하며 재인이가 놓치지 않으려했던 애인을 챙겼다.

동지의 의리, 동지애란 이름으로 지금 재인의 아내가 된 그때 그 여인은 울주군 두동의 핫플레이스인 두동 통닭의 최고경영자가 되었다. 그녀는 내가 술을 마실 때면 육식을 안 하는 나를 배려해서(생선은 먹는다) 연어 훈제를 안주로 내놓는다. 나는 통닭집에서 생선을 먹는 유일한 대접을 대접을 받는다.

91년도 성과분배 투쟁으로 해고되고 수배를 받던 시기 나와 재인은 울산 동구의 꽃바위라는 동네에 숨어 살았다. 온종일 갇혀서 살아야 하는 우리 둘은 책을 보거나 유인물 글을 쓰면서 옴짝달싹할 수 없는 골방에서 답답한 시간을 보내야 했었다.
술 좋아하는 나는 매일 소주나 맥주를 먹었고 그 당시만 해도 술을 못했던 재인은 꼬깔콘을 즐겨 먹었다. 매일 좁은 공간에서 얼굴을 마주하며

살던 그때 조합원의 혈세로 매일 술 먹는다고 나무라던 그에게 '너는 왜 혈세로 꼬깔콘 처먹느냐'고 싸운 기억이 난다.

지나서 생각해보면 배 잡고 웃을 일이다. 지금도 한 번씩 그가 꼬깔콘 논쟁 이야기를 주변에 할 때면 웃음이 터지는 걸 참지 못한다.

재인은 눈물이 많다.

서럽게 자랐나 보다.

엄한 걸 넘어서 무서운 아버지와 지금도 평생 일하시는 어머니. 우리 시대의 아버지들은 왜 그리 엄하거나 무서웠을까? 그림을 잘 그려서 화가가 되고 싶었던 재인은 화가의 꿈은 못 이뤘지만, 노동자들의 꿈을 그리는 투사가 되고 교육 활동가가 되고 전략 기획가가 되었다. 촛불 정국 때 함께 정권교체에 나섰고 예전에서나 지금이나 덤덤하게 내 곁에 있다.

※친구는 질투와 시기의 대상이 아니다.

서로 좀 부족해도 단점을 보완해주고 묵묵히 지켜주고 이해해주고 같은 길을 걸어가는 동지가 친구 아닐까?

노동과 캔커피

98년도는 내 인생을 바꿔놓은 한 해다.

노통과는 이러저러한 에피소드가 많다. 98년 I.M.F의 요청으로 인력 구조조정에 나선 대한민국의 맨 앞에 현대차의 정리해고 투쟁이 있었다. 처절한 투쟁이 이어진 상황에 당시 부총재였던 노무현 대통령이 정부를 대표해서 중재에 나섰었다. 길거리로 내몰리는 노동자들을 위로했고 함께 아파했던 "인간 노무현". 98년 이야기는 뒤로하고 노동에 대한 이야기를 해야겠다.

협상 중 수시로 노무현 부총재와 만나기도 하고 통화도 했다. 그는 진심으로 미안해했다. 나라가, 정치가 국민들과 노동자들을 지켜주지 못함에 진심으로 미안해하고 아파했다. 그 당시 현장은 오백 동이 넘는 자전거 주차대에 텐트를 치고 조합원과 가족들이 노숙 투쟁을 진행하고 있었고, 중재에 나선 노무현 부총재는 회사 측이 제공하는 숙소(호텔)를 거절하고 회의실 간이침대에서 잠을 자면서 협상의 중재에 나섰었다.

협상이 끝나고 정몽규 회장은 말을 번복했다.

나를 제외하고는 구속하지 않을 것과 후속 조치 또한 피해를 최소화하기 위해 노력하기로 했던 합의를 정 회장과 이기호 노동부 장관이 깬 것이다. 장관은 전화를 받지 않았고 정 회장은 팔구십%만 지키면 되지 어떻게 백 퍼센트를 다 지킬 수 있냐고 전화기 너머로 말을 토했다. 정말 미치고 환장할 지경이었다.

믿을 사람은 노무현 부총재뿐이었다. 수배 중인 나는 서울로 가서 노무현 부총재를 만났고 그는 내가 보는 자리에서 직접 장관에게 전화해서 약속을 지킬 것을 촉구했다.

내가 구속되어야 다른 동지들에 대한 계속되는 구속을 중단할 수 있겠다는 판단으로 나는 자진 출두 후에 구속이 되었다.

얼마 뒤에 노무현 의원과 권양숙 여사님이 특별접견을 왔다.

"여보, 알지 양산횟집 사위야~"

당시는 여름이라 감옥이 무척 덥고 답답할 때 였다. 권양숙 여사님은 나에게 시원한 캔커피를 건네 주셨다. 커피를 마시지 않던 나였지만 그 시원하고 달콤했던 맛을 아직도 잊을 수가 없다. 그 캔커피 값을 문재인 대통령의 당선에 노동의 한 표로 갚을 수 있어서 너무나 다행이다.

노통은 '정치는 말도 중요하지만, 결국 마음과 행동으로 하는 것'이라는 교훈을 몸으로 보여 준 사람이다. 참고로 노통은 참 성질 더러운 사람이다. 협상 중 내

가 "협상 중단"을 선언하니, 불같이 화를 내면서 담배를 연달아 뻑뻑 피워대는 모
습이 지금도 눈에 선하다.

진심으로 명분 있는 저항에는
정치가 먼저 합의 이끌어야

노무현 전 대통령이 정리해고 반대 투쟁 해결을 위해 앞장섰던 영상이 공개됐다. 노 전 대통령은 국민회의 부총재 시절이었던 지난 1998년, 정리해고 문제를 놓고 노-사간 강경 대치 상황을 빚고 있던 울산 현대자동차를 방문했다. 중재에 나섰던 그의 모습을 담은 영상을 현대차 노조가 노무현재단에 기증했고, 이를 노무현재단이 20일 공개했다

외환위기를 거치면서 거세진 IMF의 구조조정 요구의 여파로 현대자동차 사측은 1998년 6월30일 4830명 정리해고 계획을 공식화했다. 노조는 시한부 파업에 돌입했고, 사측은 7월16일 2678명에 대해 해고를 통보했다. 이에 조합원들은 고공농성을 벌이고, 사측은 휴업 결정을 하는 등 노사가 강경 대립으로 치달았다. 결국 사측은 7월31일 희망퇴직을 신청하지 않은 1569명의 정리해고를 강행했다. 이처럼 험악해진 분위기에서 공권력 투입설까지 흘러나오는 등 상황이 긴박하게 흐르자 노무현 부총재가 중재를 위해 울산으로 내려갔다. 노 대통령은 당 노사정지원특별위원회 위원장 자격으로 그해 7월 31일 현대차를 방문해 3일 정도 머물렀다.

영상에서 노 전 대통령은 기자들에게 "정면으로 명분과 기치를 내걸고 한 사회의 중요한, 의미 있는 세력을 가진 집단이 법질서에 저항할 때는 되도록 정치가 먼저 나서서 이 법을 수용해나가야 한다는 것으로 합의를 이끌어가야 한다. 그런 것이 정치"라고 덧붙였다.

노무현 부총재 방문 이후 회사는 휴업에 돌입하는 등 진통을 겪었지만, 결국 277명 정리해고를 내용으로 하는 노사합의가 나왔다.

당시 현대차 노조위원장이었던 김광식 씨는 월간 〈말〉 2002년 6월호에 실린 기사에서 노 전 대통령에 대해 다음과 같이 회고했다. "정치인 노무현의 분명한 한계는 집권 여당 정치인이란 사실이었다. 하지만 협상 당시에는 우려하고, 고민하고, 노력했던 한 사람으로 기억된다. 중재단 대표인 노무현은 울산에 있는 동안 내내 본관 회의실에서 간이침대를 펴놓고 잠을 잤다. 여당 부총재에게 제공되는 편안한 잠자리를 거부했다."

한겨레 신문 2014-03-20

7대 집행부

노동조합을 운영하기가 참 쉽지 않다.

97년 9월 위원장 당선 후 최악의 시기를 맞았다. 98년 IMF 구제금융 속에 상상도 못 할 구조조정에 나의 생때같은 조합원들이 말할 수 없는 고통을 맞이한 것이다. 그때 나랑 그 고통을 맨 앞에서 오롯이 앞장서서 막아 싸운 동지들이 있었다.

수석부위원장으로 내가 구속되자 직무대행을 맡았던 사람 순한 황치수. 샤프하고 잘생긴 장동열 부위원장. 똑똑하고 정세에 밝아 이후 다른 박지부장을 도와서 대외협력까지 맡았던 이현우 부위원장. 털털하고 여유로웠던 주유석 사무국장. 글 잘 쓰고 맘씨 고운 아내와 알콩달콩 잘 사는 지연근 실장. 목소리 쩌렁쩌렁 울리며 조직을 진두지휘했던 김희환 실장. 난 이 친구처럼 집회 진행을 잘 보는 사람을 못 봤다.

쟁의부장 손태현. 공 잘 차고 원칙을 소중하게 지키는 윤기호 부장. 추모사업회 사진작가 임종성 부장. 내 머리를 삭발시키며 눈물로 강물을 이룬 김규라(태임) 여성부장. 내 곁에서 늘 나를 지키고 어려움을 함께했던 김권수. 말없이 묵묵히 전문성을 발휘하는 함부식 부장.

어딜 가든 어떤 역할을 해도 늘 날 지지해주는 2공장 원년멤버 산업안전 전문가 김명수 위원. 지금도 산재의 고민을 늘 상담해주는 문승용 위원. 훗날 금속노조에 노안실장으로 역할을 한 안영태 위원. 지금은 퇴직했지만 글·사진쟁이 차동훈 형. 형과는 같은 빌라 위아래 층에 함께 살기도 했다.

만평 화가 그림쟁이 정덕규 부장. 노동조합의 산역사 안병례 부장. 7대 종신소집권자 박경수. 검도 유단자로 솔직 담백한 송지환(운환)부장. 조사통계 전용국. 씩씩하지만 마음 여린 이단옆차기 김재영 부장. 조용하지만 공 찰 때는 날아다니는 김성호 부장. 당시 교육담당 이후 법규부장 정규. 고민 많던 서형락 정책부장. 정책, 기획 등 의제 연구와 젊었을 때 산 잘 타던 반일효 부장. 조직1부장 맡아서 고생 많았던 황영철 부장. 가슴 시린 이혁훈. 부지런한 크리스천 정대식 차장. 황팔수. 박해주. 홍장진. 박해주는 내가 구속된 후 그 어려운 시기 상무집행위원으로 올라와서 말도 못 할 고생들을 하였다. 돌아가신 고충처리를 담당하신 정복술 형님. 퇴직한 상용이 형님. 조성 형님. 유기. 욱제. 동찬. 부건 등

이십여 년이 지난 지금 어떤 친구는 위원장을 하고 또 어떤 친구는 정치활동을 하고 어떤 분은 퇴직을 하고 떠나셨다.

그들이 내 인생의 스토리이고 현자노조의 역사다.

늘 그들과의 지난 함께한 날들을 잊지 않는다. 그 과정을 거쳐서 내가 또 다른 성장을 이어나감을 늘 고맙게 생각한다.

페르시아 왕자

현대자동차 노동조합(금속노조 현대차지부)에 정책통으로 꼽히는 사람이 몇 명 있다. 그중에 나와 오랫동안 노동운동을 함께하면서 산전수전을 겪고 구속과 수배, 해고를 당한 후배가 있다. 참 똑똑하고 술 잘하고 술 한잔하면 '페르시아 왕자'를 구성지게 부르는 친구, 박유기 위원장이다.

91년도 현대차 노조의 성과분배 투쟁 당시, 유기는 노조의 홍보부장이었고 나는 승용2공장 대의원 대표였다.

나는 울산을 오가면서 현장의 동지들과 함께 현장을 조직하면서 투쟁을 진행했었고, 이 친구는 글 쓰는 게 전공이라 현장에 전할 메시지를 매일 쓰고 있었다.

나도 술을 좋아하는 편이지만 글쟁이의 특성인지, 내장 기능이 좋아서인지 참 맛나게 많이 먹고 글도 잘 썼다. 평상시 소주 댓 병(이홉5병) 한 병, 기분 좋으면 두 병씩 마신 걸로 기억된다. 대단한 주량이었다. 물론 요즘은 그렇게 술을 잘 마시지는 못하는 것 같다.

세월이 지나 97년 나는 현대자동차 노동조합 위원장이 되었고 유기는 기획실장을 맡았다.

　우리는 절박한 심정으로 조합원들이 정리해고에서 벗어나도록 함께 싸웠다. 98년 정리해고 투쟁이 끝나고 마음고생도 나만큼 컸던 친구, 유기.

　언제나 묵묵히 조합의 정책을 기획하고 앞날의 고민을 구체화했던 친구, 유기.

　그 후 유기는 사무국장과 노조위원장 그리고 금속노조의 위원장 역할도 하게 되었다. 나는 그 친구의 당선을 도왔고 누구보다 잘하고 잘되기를 바랐다.

　지금 이 친구는 고민이 많을 듯하다. 그러나 그의 뛰어난 정책적 판단과 기획력은 어떤 역할을 하고, 어떤 위치에 있건 누구보다 좋은 성과를 낼 것이라 믿는다.

　자동차노조를 뛰어넘어 대한민국의 노동운동에 참 긍정적이고 뛰어난 결과를 만들어 낼 것이라 생각한다.

　박 위원장, 늘 그랬던 것처럼 형은 너를 응원한다.
늦은 밤까지 술잔을 기울이며 세상의 변화를
얘기했던 것처럼, 각자의 위치에서 화이팅하자!

병호형

위원장님이 안 계실 때, 나는 동지들과 후배들 앞에서 그를 병호형이라 부른다.

살아있는 전노협의 정신, 민주노총의 산 역사, 그리고 후배들의 기대를 저버리지 않는 선배.

미소가 아름다운(?) 투사(보기보다 부끄러움이 많으시다.)- 단병호

95년 양봉수 열사의 분신이 있었다. 나는 당시 승용2공장 사업부의 대의원 대표였고 나를 포함한 수십 명의 활동가가 울산구치소에 구속 수감되었다.

그때 아마 제3자 개입 금지법으로 단 위원장님도 구속되셨고 나의 옆방 독거 방으로 오셨다.

통·방(방과 방 사이의 소통)을 하면서 자주 위원장님은 "김동지~ 영치금 얼마나 있나? 우리 나가면 멍멍이나 한 마리 잡자~"라고 하곤 하셨다. 물론 지금은 멍멍이를 먹지 않는다. 육식 또한 하지 않지만, 그때는 이렇게 대답했다 "위원장님~ 개 값은 면회 많이 와서 영치금 많으신 위원장님이 내세요~ 저는 소주값만 낼게요."

아직 그 약속을 지키지는 못했다.

둘 다 안 먹으니까.

위원장님은 늘 책만 보셨다.

감옥 안에서 밀린 책들을 읽고 앞으로의 사업 계획들과 노동운동의 갈 길을 늘 고민하셨다. 지금도 평등사회노동교육원의 이사장을 맡으셔서 후배들에게 노동자의 철학과 갈 길을 함께 고민하고 방향을 모색하고 계신다.

98년도 투쟁이 한창이던 시기 금속연맹 위원장이셨던 단 위원장님이 나를 찾아왔다. 이야기를 나누던 중에 한 조합원이 고생들 하신다며 회를 사서 와서 놓고 간 적이 있다. 그러던 중 조금 있다가 당시 먼저 와서 현장 순회를 하고 있던 민주노총 위원장이 들어왔고 상황이 이상하게 꼬여버렸다. 마치 단 위원장님만 접대하다 들킨 것처럼...

그 후 이 상황은 오해로 남아 버렸다.

음식 끝에 맘 상하게 한다는 말 진짜다~

한 번은 경주의 모 사업장을 방문하고 위원장님과 몇몇 동지들이 소주 한 잔을 나누는 시간을 가졌다. 마칠 때쯤 앞 테이블에 있던 부부 한 팀이 우리 마칠 때까지 기다렸다고 하면서 존경한다고 이렇게 뵐 줄 몰랐

다고 사인을 요청하는 것이었다. 나한테도 사인을 해달란다. 원 플러스
원이었다. 쩝쩝..

그때 수줍어하는 위원장님의 미소를 보았다.

그래서 미소가 아름다운 노인돌 병호 형님이 나한테 각인돼 있다.

동의 안 해도 최소한 나한테 만큼은 영원한 노동자들의 큰 선배 단 위원
장님! 변치 말고 지켜주이소~

음식 가려서 먹자.

친구아이가 김치영

나를 위해 노래를 부를 수 있는 친구.
고생을 많이 하고 외롭게 자란 친구, 김치영.

그는 97년도 일반직 부장을 맡아 일했다. 늘 유쾌하고 씩씩한 그는 내가 어려울 때마다 항상 곁에 있었다.

2010년 나는 지방선거에 출마했었다. 마침 현대자동차 승용3공장 반장 야유회가 있어서 선거운동을 하러 갔었다. 그때 수행으로 함께 간 치영은 그 수많은 회사 측 사람들 앞에서 나를 대신해서,
아니 나를 위해서 신명 나게 노래를 불러주었다.
후보도 부끄러워 쭈뼛거릴 상황에 친구가 먼저
나서 준 것이다.
  김치영은 늘 그랬다.
먼저 나서서 주변의 어려움을
챙기고, 상황의 어색함을 벗어나게
해주는 사람, '배려'의 진정한 의미를 알게 해주는 친구이다.

지혜로운 동생 주희

주희를 만난 건 양봉수 열사 투쟁이 끝나고 구속되었다 나와서 현장에 복귀 후니까 96년도 즈음인 것 같다.

잘 생겼다는 표현도 맞겠지만 귀티 나는 얼굴 자그마한 체구, 말이 없고 차분하고 세심한 스타일이었다. 첫눈에 학생 출신이라 느껴졌다. 함께 학습하는 친구들에게 "그 친구 학출같아"라고 얘기하니 아무도 내 말을 믿지 않았다.

그러나 그는 분명 학출이었다.

검정고시로 고려대학교에 입학한 후 백기완 선생님을 돕던 주희는 울산에 현대자동차에 위장 취업을 했다.

그는 조용히 현장을 조직했고 조합의 사무국장과 대의원도 했으니 노동운동가로서 역할이 꽤 컸고 열심히 했다.

98년 정리해고 투쟁으로 구속되었다가 2001년 복직을 했을 때 주희가 나를 찾아왔다. 아내가 서울로 공부를 더 하기 위해 올라갔고 부모님도 아프신 데다가 아내가 허리까지 다쳐서 도저히 울산에서 근무하지 못할

형편이라는 것이다.

내 가족은 주희의 가족과는 가까운 사이였다. 운동적 정파는 달랐어도 같은 동네에 살면서 아내들끼리 신문 모임도 하고 짬 날 때 서로 모여서 사는 얘기도 하며 지냈다. 여성학 공부를 더 하고 싶던 주희의 처 주은은 아이들을 데리고 서울로 올라갔고 아이들을 키우며 집안일과 공부, 부모님을 모시는 슈퍼우먼의 능력을 발휘하다가 덜컥 허리까지 다치는 안타까운 일이 발생한 것이다.

컨베이어를 타는 생산직으로 있다가 서울 혹은 근처의 지역에 타 부서로 옮기는 것은 쉬운 일이 아니었다. 하물며 주희는 조합 활동을 한다는 이유로 블랙리스트에 올라가 있어서 부서를 옮겨서 조합 활동을 확산시킬 수 있다는 의심을 피할 수 없었다.

우여곡절 끝에서야 주변의 도움으로 서울로 갈 수 있었던 주희. 지금 그의 아내는 훌륭한 여성학 전문가가 되었고 그는 생산직 노동자에서 관리직으로 신분이 바뀌었다. 그 과정을 내가 자세히 쓸 필요는 없겠다. 단, 신분이 바뀌었어도 그는 중심을 잃지 않았다. 최소한 양심을 저버리거나 기회주의적 처신은 하지 않는다는 말이다.

나는 주희가 걷는 그 길이 오해와 시기와 질투와 비난이 있을 수 있는 길이라 생각한다. 하지만 좀 더 넓은 세상에 좀 더 폭넓은 시야로, 더도 덜도 아닌 균형 잡힌 중심으로 노·사 관계를 만들어 가는 데 일조하리라 믿는다.

왜냐하면 나는 그의 선한 마음을 알기 때문이다.

\# 아무도 알아주지 않는 길을 혼자서 걷는다고 생각하지 마라. 갚아야 할 주변의 사랑의 빚이 있다고 생각하면 외롭지도 서글프지도 않다. 그대 이미 충분히 사랑을 받지 않았는가…?

원칙에 충실한 동찬이

동찬이 별명은 독일 병정이다. 이십 대 초반의 어린 나이에 현대자동차 노조의 임원을 맡아서 노조 민주화의 책임이 컸던 후배이다. 자세가 꼿꼿하고 뻣뻣한 원칙주의자라 해서 부쳐진 별명이다. 막내였지만 공부를 꽤 잘해서 집안의 기대도 한껏 받은 모양이다. 형들의 믿음이 대단했던 기억이 난다.

동찬이는 감이 많이 나는 청도가 고향이라서 한 번씩 어머니가 만드신 감식초를 가져와서 돌리고는 했다. 신 걸 못 먹는 나지만 몸에 좋은 발효식품이기도 해서 한 병은 식구들과 꼬박 먹었지만, 항상 두 병째는 음식 재료로 사용했던 기억이 있다.

이 친구는 대외협력을 주로 담당했다.

정국의 흐름과 동향을 잘 분석하고 판단해서 역할이 분명해진 후배이다. 그러나 안타깝게도 운동적 역할이 커져서 좀 더 복무할 기회가 좀처럼 오지 않는 것이 선배로서 아쉬울 따름이다. 그러나 나는 믿어 의심치 않는다. 동찬이가 노동운동에 좀더 의미있는 역할로 자리매김할 것을.

동찬의 아들과 내 둘째 아이는 초등학교 동창이다.

지금은 스물두 살의 총각이 되었지만, 산으로 들로 뛰어다니면서 진달래를 물고 다녔던 친구들이다. 시골로 들어와서 아이들이 컴퓨터와 게임에 빠지기보다는 바깥에서 뛰어다니며 놀던 모습이 눈에 선하다. 한번은 뒷산에 아지트를 만든다고 집에 있던 널빤지 등을 모아서 산에 올라가더니 며칠 뒤 벌겋게 상기된 모습으로 뛰어 내려오는 것이었다. 왜 그러냐고 물으니 비 온 뒤끝이라 땅이 습해서 깔아 두었던 판자를 들어 올리니, 밑에는 커다란 지네가 꿈틀거리더란다. 거기에 몸 말리러 나온 뱀을 보고서는 기겁을 해서 뛰어 내려오는 중이라 하는 것이다.

촌에서만 보고 느끼는 새로움과 두려움일 것이다.

나는 아주 가끔 동찬이와 막걸리나 소주를 같이한다.

직장을 다닐 때는 서로 근무조(주, 야)가 달라서 보기 힘들고 이제 직장을 옮겨놓으니 서로의 시간 맞추기가 만만치 않다. 학교에 집 가까운 학생이 지각이 잦다나, 같은 동네에 살아도 보기가 힘드니... 그러나 마음은 늘 함께 있다.

삶의 철학이 바뀌지 않고 늘 현장과 함께하는 그 친구의 모습이 좋으니 늘 응원하고 격려하는 마음이 크다.

동찬이에게 이 책을 빌려 이 말을 꼭 전하고 싶다.

찬아, 좀 더 멀리 좀 더 풍부하게 세상을 향해 꿋꿋이 걷다 보면 기회는 반드시 온다.

외로워도 묵묵히 그 길을 가거라.

\# 길을 혼자 걷는 것 같아도 늘 누군가가 지켜보고 함께 하고 있다. 세상은 혼자가 아니다. 내가 혼자라 느낄 뿐이지….

삼식이

현대자동차에 삼식이가 있다.

대식이, 화식이, 광식이

화식이는 현대자동차지부 서영호·양봉수열사정신추모사업회 회장이고 대식이는 사무장이다.

95년 양봉수 열사의 분신으로 수십 명이 구속되고, 해고되었다. 어느 날 어떤 이유로 구치소 내에 공안수 전체가 단식을 하게 됐었고 면회하러 나갔다가 화식과 같은 방에 있던 재소자를 만났다. 묻지도 않았는데 그 사람은 우리 방 화식 씨는 단식한다고 밥은 절대 안 먹고 우유와 사과주스만 마신다고 하는 것이었다.

그때 우리는 물만 마시는 아사 단식을 했었고 훗날 우스개의 소재가 되기도 했다.

착한 화식은 추모사업회 종신제 회장이다. 힘들어서 아무도 맡으려 하지 않는 역할을 묵묵히 맡아서 하고 있다. 2공장에서 함께 일해 온, 그리고 사랑하고 아끼는 나의 후배이다.

대식은 재간꾼이다. 힘들고 어려운 일은 혼자 다 맡아한다.

지금의 열사 추모사업회가 있기까지 대식이가 없었다면 유지되기 힘들었을 것이다.

깃발을 들고 앞장서고 출근투쟁 칼날 같은 새벽바람에 손가락이 얼어 터져도 두 주먹 불끈 쥐고 목청을 울린다.

나는 선배로서 그가 지쳐서 쓰러지는 것을 원치 않는다.

동지들에 대한 열정과 애정이 남다른 대식이 지금보다 좀 더 여유롭고 풍부하게 나이 들어가길 바라고 원한다. 늘 심장을 울리는 그의 절실함이 열사를 추모하는 모든 이들에게 화답으로 돌아오길 진심 기원한다.

만수르보다 부자, 만수 형

만수 형은 고생을 많이 한 현대차 노조의 활동가 중 한 분이다.

"조국은 하나다"
80년대 말 평양대축전의 내용을 대자보로 적어서 현장에 부착했다가
꼬박 2년을 감옥에서 보냈고, 현대자동차 노조의 굵직한 사건 때마다 늘
동지들과 함께했던 만수 형.

98년 구조조정 당시에 나랑 함께 구속돼서 마지막까지 실형을 함께 산
선배. 지금은 석방된 후 노동운동의 전면에는 안 나서지만, 각종 길·
흉사에 빠지지 않고 모습을 나타내서 드문드문 보기도 한다. 자동차뿐만
아니라 노동운동의 역사에 피고 사라지는 많은 동지가 있지만 정말 시기
를 잘 만났으면 역사의 큰 장면을 만들어냈을 형이다.

늘 따뜻하고 열정적인 형.
마음이 약해서 눈물 많던 형.
요즘은 안 우시나?

몇 해 전 울산과학대학을 수석 졸업했다는 얘길 누군가로부터 전해 들었다.

정말 고맙고 자랑스럽다.

98년 구속되기 전에 결혼하셨던 형수님, 말없이 늘 빙긋 웃던 형수님과 알콩달콩 잘 사시라.

그의 길에 축복과 편안함이 늘 함께 하길.

별명대로 에헤라 만수~ 에헤라 대신이여~

성과분배의 출발, 이헌구 위원장

"푸른 바다 저 멀리 새 희망이 넘실거린다~"

정말 순박하고 씩씩하고 정 많은 위원장이었다.

성과분배 투쟁으로 2년을 구속됐다 석방되어 나온 날. 그는 술자리에서 미래소년 코난을 불렀다. 나와 다른 팀으로 위원장 선거에 출마했을 때도 그는 날 응원했다. 지금은 또 다른 사유로 자동차를 떠나 경북 영양에서 과수원을 한다고 한다. 얼마 전 후배의 딸 결혼식에서 본 그는 부산 기장에 벌통을 두고 양봉을 치러 와서 급하게 서둘러 자리를 떠나면서 "김 위원장님. 사람이 필요하면 때 저 불러요. 자원봉사하러 갈게요~"

나의 고등학교 두해 선배인 그는 현대자동차노조 3대 위원장이었다. 두 번의 위원장과 울산지역 민주노총 본부장을 끝으로 울산을 떠났다.

정 많고 씩씩한 이헌구 선배가 실패한 위원장이 아닌 다시 새로운 길, 철학이 있는 농부로 옛 얘기를 후배에게 잘 전해주는 선배로 자리하기 바란다.

미래를 꿈꾸는 소년처럼..

샤프한 장부 동열

97년 나는 현대자동차 위원장으로 나서면서 황치수, 주윤석, 장동열, 이현우와 러닝메이트를 이루었다.

그때 나는 장부(장 부위원장 줄임)의 아내를 찾아가서 남편을 2년만 빌려달라고 말했다.

남편의 노동운동을 반기지 않았던 제수씨는 어려워했지만, 마음을 내주었고 나는 약속대로 상하지(구속) 않게 하여 돌려주었다. 장부는 그 후로도 어떤 일이 있어도 내 곁에서 나를 지지하고 함께하고 있다.

소속 사업부 조합원들에게 인기 많은 장부는 본인뿐만 아니라 지원하는 후배들도 노동조합 선거에 당선시키는 저력을 가지고 있다. 씩씩한 김재영, 똑똑한 윤기호, 글 잘 쓰는 지연근.

나는 또 그의 힘이 필요하다.

이제는 그가 노동조합 활동이 아닌 사회적 가치 확산에 나와 함께하길 희망한다.

깡패 위원장 안현호

지금은 현대자동차와 통합된 5공장 사업부지만 예전에는 현대정공(주)이었고, 안현호는 현대정공의 97년, 98년도 위원장이었다.

엄혹한 시기에 담벼락을 사이에 둔 우리는 고민도 고통의 무게도 같았다.

정말 다행히 현대정공은 구조조정의 직격탄을 비껴갈 수 있었지만, 현대차는 정리해고의 칼바람 중심에 서 있었다. 다른 사업장은 입으로는 연대를 외쳤지만 정작 자신들의 사업장 구조조정을 막느라 옴짝달싹도 못하는 상황이었다. 그때 현대정공과 한일이화 김주노 위원장은 함께 연대해 주고 현대차 파업에 동참해 줬다.

총자본과 개별노동의 싸움에 힘겨워했을 때 안현호는 동지며 후배로서 의리와 약속을 지켰다. 지금도 늘 고마운 현호는 겉으로 보면 깡패다. 껄렁하고 욕 잘하고.

나에게 의리를 다해주고 어려운 사업장 해고자들을 잘 챙기는 내 깡패 같은 동지 안현호.

나는 안현호가 현장을 잘 마무리하고, 지역으로 나왔으면 한다. 공장 담벼락을 뛰어넘어 시민사회에도 그의 호탕한 기질로 지난날 풍부한 경험으로 할 수 있는 일이 얼마나 많을까? 난 안현호가 그렇게 성장하고 멋지게 늙어가기를 바란다.

나와 같이...

금속노동자 김호규

김호규는 금속노조 위원장이다.

심지는 굳지만, 말의 표현이 정제되어 있어 남에게 상처 주지 않으려 노력하는 사람이다. 심리상담가 이수경과 알콩달콩 잘 살아간다.

난 이수경이 좋다. 마음이 아프고 슬픈 사람들을 위로해주는 이수경, 언제나 만나면 포근하게 포옹해주는 이수경. 김호규는 복 받았다. 늘 연대하는 동지가 있으니.

나는 자주는 못 보지만 가끔 보는 김호규가 안쓰럽다.

대한민국에서 노조 하기 참 힘들다. 특히 금속노조 하기는 더욱더 힘들다. 모든 요구와 책임이 그의 어깨 위에 얹혀있다. 막걸리 좋아하는 김호규의 빙긋 웃음이 너털웃음으로 바뀌었으면 한다. 그리고 예전처럼 여유를 가졌으면 한다. 임기 동안에는 힘드려나?

고인이 되신 노회찬 대표가 매일노동뉴스 대표로 계실 때 최고의 기자였던 진숙경 박사와 우리 셋이 만나 함께하면 시간 가는 줄 모른다. 유쾌한 스토리, 해박한 지식, 김호규는 그 시간만큼은 마르지 않는 샘물이다.

셋이 아닌 더 많은 사람이 모여서 옛 얘기뿐 아니라 미래의 꿈을 나누고 싶다.

슬기로운 감빵생활

98년도 구조조정 투쟁으로 또 감옥에 갔다.

95년도 양봉수 열사 투쟁으로 나온 지 몇 해 되지도 않았는데 나는 솔직히 임기를 마쳐본 적이 별로 없다.

뭘 맡으면 해고되고 구속되고.

감옥에서 나는 교도관이나 돌 깡패들에게 기죽지 않았다.

95년도 이상범 위원장님과 같이 울산구치소 찍고 주례구치소로 넘어갔을 때다.

어느 날인가 아내가 면회 와서 넣어준 사과를 갖고 이상범 위원장님 사동을 찾아간 일이 있다. 원래 공안수들에게는 독방생활의 답답함 때문에 약간의 자유를 줘서 사동에서의 독보를 허용해 주는데 그날 이상범 위원장은 갇혀 있었다.

이유인즉, 소년수를 괴롭히는 조폭들에 대해 교도관에게 문제를 제기했더니 공안수와 조폭 모두를 입방 시켜 가둬놓은 것이다.

나는 그 얘기를 듣자마자 분기탱천하지 않을 수 없었다.

"우씨, 다 죽었어!"

교도관에게 당장을 문을 열라 하고 둘이서 2층 난간에 올라갔다. 그리고 바로 그 순간, 조폭들이 개떼처럼 몰려와서 이상범 위원장을 집어던져 버렸다. 비 오는 날 질척한데 2대 18로 개떡 될 뻔했다.

치고받고 하는 사이에 경교대와 교도관의 투입으로 우리는 구출됐고 조폭들은 묶였다. 개쉐이들! 난 분노했고 절대 그들을 풀어줄 수 없고 엄히 징벌하라고 요구했다.

그러나 몇 시간이 흐른 뒤 착한 이상범 위원장은 그들을 용서해주자고 날 설득했다. 양봉수 열사 투쟁에 적극적으로 나서 주시면 내가 어떠한 상황에도 위원장을 챙기고 모시겠다고 약속한 이상 그 부탁을 거절할 수 없었다.

참 착한 성품을 가진 분이다.

98년 구속됐을 때는 영남위의 이정희가 그리 착했다. 그는 돌 깡패들에게 시달렸고, 이를 알게 된 정의의 사나이 방석수와 난 교도소를 쑥대밭으로 만들었다.

우리의 슬기로운 감방생활은, 누구든 탄압하는 자 가만두지 않으리라. 우리는 목숨 걸고 싸운다. 목숨 거는 자 나서라! 투쟁으로 박살내리라!

그러나 나도 늘 쫄린다. 나도 겁 많아요. 용기를 낼뿐^.^;

노예 문서 상철 형

80년대 말로 기억된다. 사측의 현장 통제 노예 문서를 폭로해서 해고된 상철이 형은 현대자동차 노동조합의 모든 투쟁에 나와 함께 했었다. 위원장에 출마하면 왜 그리도 당선이 안 되는지...

자동차에서 지방선거 도의원을 최초로 출마했고, 금속 노조 3기 위원장을 끝으로 현장 활동 전면에는 나서지 않는다. 상철 형은 입바른 소리를 너무 잘한다. 장점이기도 하고 단점이기도 하다.

자동차에서 세 번 해고당하기는 쉽지 않다. 나와 같이 몇 안 되는 해고 3선이다. 내년이면 정년인 상철이 형. 현대자동차 투쟁의 역사에 산증인 중 한 사람으로 그간의 역사를 잘 고증해주시길 바란다.

지금도 잊히지 않는 것은 양봉수와 철농한 21일간 나와 봉수가 텐트를 치고 사측에 저항하고 있을 때 지금은 세상을 떠난 해민이, 재인이, 그리고 상철이 형이 함께하고 있었다.

95년 양봉수 열사 투쟁 때 피하지 않고 투쟁에 나서서 두 번째 옥고를 치른 형. 잘 마무리하시고 행복하시라.

패밀리

88년에 만나 초창기 노동조합 활동을 함께한 선후배들과 가족들이 이제 가끔씩 만나서 소주잔도 기울이고, 밥도 먹고, 차도 마시는 모임을 만들었다. 패밀리!

상용이 형, 기영이 형, 경율 형, 영출, 조성, 종득이 형, 욱제. 이분들은 초창기에 내가 따르고 함께 운동해온 형들과 친구들이다.

기타 잘 치는 유쾌한 뽀빠이 상용이 형은 나와 같이 사업부 대표도 하고, 구속도 해고도 함께 됐던 가장 큰형님이며 동지이다. 불같은 성격이지만 다정함도 큰형은 언제나 나를 응원하고 후원한다. 지금은 퇴직 후 자유롭게 기타 들고 다니는 형은 '자연인'이다.

경율 형은 현대차 해고자복직투쟁위원회의 의장으로 정말 마음고생, 몸 고생이 많았던 형이다. 형은 누구보다도 동생들을 잘 챙기고, 스스럼없이 어울린다. 초창기 노동운동을 하며 느낀 어려움과 힘겨움을 여전히 동생들이 이어나가고 있어, 애틋함과 연민이 크기 때문일 것이다. 형은 이제 정년을 한 해 남기고 인생 이모작을 준비 중이다.

추운 겨울 흰 고무신을 신고 정문에서 노동가를 부르며 출근 투쟁을 하던 기영이 형은 순박하지만 뜨거운 심장을 가진 사람이다. 형은 퇴직해서 농사를 짓는다. 가끔 모임에서 만날 때마다 형은 새까맣게 그을린 얼굴에 새하얀 이를 드러내며 환한 웃음을 지어준다.

　조성 형은 절실한 크리스천이다. 사무직회 대표를 맡은 형은 내가 위원장을 할 때 총무부장으로 마음고생이 컸었다. 나에게 큰누나처럼 포근한 형수님과 알콩달콩 지내시며 퇴직을 준비하고 계시다. 얼마 전 형수님이 내게 감동적인 선물을 건네주셨다. 98년 투쟁 당시 나와 노동조합이 실린 신문 스크랩이다. 젊은 날 비장했던, 아팠던 나와 동지들이 실린 그날에 모습을 보았다.

　영출이 형이 2대 집행부 쟁의 부장이었던 시절, 나는 선봉대원으로 있었다. 무사 영출이 형은 쇠파이프를 등 뒤에 칼처럼 꽂고 다녔다. 형은 체게바라를 좋아해서 지금도 게바라 복장을 하고 다닌다. 영출이 형만큼 체게바라 복장이 간지 나는 중년도 없을 것이다.

　종득이 형은 오랜 해고 생활을 끝으로 복직했지만 스스로 회사를 떠났다. 형은 조곤조곤하다. 얌전하고 상냥한 형, 우리 집의 첫 반려견 축복이를 데려다줬고, 두 번째 가족 봄이도 형이 분양해줬다. 십오 년 정도를 함께 했던 그 아이들을 우리 가족들에게 보내주신 것에 감사의 인사를 드린다.

 욱제, 함께 있으면 시간 가는 줄 모르는 유쾌한 친구다. 상용이 형과 가
장 친한 욱제는 형이 해고되고 어려웠을 때 지금은 연합신문 기자로 있는
아들 윤구의 학비를 선뜻 내주었다. 욱제는 아들들이 공부도 잘해서 큰아
들은 고려대를 둘째는 카이스트를 다녔다. 내가 보기엔 욱제를 닮진 않았
다. 제수씨가 천재인가?^^

 삼십 년을 함께 해왔으니 앞으로 삼십 년도 무난히 함께하리라 믿는다.
모임의 이름처럼 '패밀리'- 가족처럼 잘 늙어 갑시다.

현대자동차 승용2공장

현대자동차가 나의 뿌리고 노동조합이 나의 심장이라면 2공장은 나한테 뭘까?

고향? 친정?

김영구, 박희육, 김권수, 최부건, 김귀종, 윤치문, 전용국, 김익중, 김형수, 오경환, 김동하.... 그들이 없었으면 오늘의 나도 없다. 함께 투쟁했고 거리로 나섰으며 해고되고 구속되고.

김영구는 말없이 모범을 보이는 뛰어난 조직가다. 수석부지부장의 역할을 잘 수행해냈고 앞으로 그 이상의 역할도 해낼 수 있는 친구다.

김권수는 나를 마지막까지 지켰던 대외협력부장이었고 '갈 길은 간다'를 자신의 애창곡으로, 운동 철학으로 삼는 후배다.

궂은 일 마다하지 않는 박희육 선배.

종신직 열사 추모사업회 화식이.

사람 잘 챙기는 치문이.

정책가 최부건.

냉장고 용국이는 먹기도 잘하지만, 생각이 깊어 뇌 용량도 크다.

책임감 큰 김기종은 믿음직한 소신파다.

늘 선·후배들을 챙기는 글 잘 쓰는 경환은 98년 사수대로 내 옆에 있다가 지금은 영상 제작을 통해 문화 운동에 최선을 다한다.

노안 부장으로 싹싹하기 이를 데 없는 김익중, 울산 출신으로 후배들을 잘 챙기는 유머 많은 지진근.

초창기부터 함께 현장 활동을 헌신적으로 해온 박항호.

글 잘 쓰고 선비 같은 박찬보 형.

여행가이고 사랑스러운 후배 홍욱이.

원칙적이고 꼿꼿한 막내 동하

교육에 대한 애정이 깊은 김형수.

의욕 넘치는 싱글벙글 강정형.

같은 반 후배로 있다가 조합활동에 영역으로 함께하는 (옹기)종기

그 선·후배들의 한마음 또 한마음 쌓아 올린 노력과 고통의 대가로 오늘의 현대자동차 승용2공장이 있다. 물론 이 친구들 뿐이겠는가. 수많은 동지의 활동이 쌓여있는 2공장이 노동운동을 건강하게 이어갔으면 하는 바람이 간절하다.

나에게는 영원한 본부장 박준석

고집스럽지만, 인정 많고 예리한 정책 수립자지만 미소가 수줍어서 늘 부끄러움 많은 소년 같은 이 친구는 지역에서 유명한 고집쟁이 운동가다. 예전에 울산구치소갈 생기기 이전 남부서 대형 깜빵에 같이 수감되어 있을 때 씩씩했던 박준석의 모습은 나에게 아직도 각인되어 있다.

지금도 그는 현역이다. 물론 나이 좀 들었다고 뒷방 노인처럼 빠져있어야 한다는 건 아니지만 여전히 그는 열혈 청년으로 조합원 교육과 지역 활동가 교육에 열성이다.

얼마 전 현대중공업, 현대자동차 퇴직자모임준비위원회가 결성되었다는 소식을 전해 들었다. 그곳에도 박준석이 있었다.

87년 노동조합을 만들고 열정을 쏟았던 세대가 퇴직을 하고 물밀듯 지역사회로 나온다. 울산을 일구었던 퇴직 노동자들의 경험과 노고가 또 다른 모습으로 발현되기를 바라며, 곧 다가올 미래를 준비하는데 열혈 활동가 박준석이 있어서 든든하다.

상대를 존중하고 동지의 열정에 함께하는, 나의 영원한 본부장이며 친구인 박준석을 응원한다.

세 친구

보연, 정규, 창열은 단짝이다.

보연은 운전하다가 신호 대기 중 잠을 잘 수 있는 놀라운 능력을 가졌다. 사람 잘 챙기고 믿음직한 보연은 신뢰의 아이콘이다.

나는 보연이가 현대자동차지부 사무국장 역할을 했을 때 제 능력을 잘 보여줬다고 생각한다. 사무국장으로서 실무적 역할을 뛰어넘어 사람들과 친화적으로 관계했고, 어떤 사안도 가볍게 넘기지 않는 그의 진지함은 다소 건조할 수 있는 사무국장의 자리를 인간적으로 만들었다.

어떤 상황에서도 마다않고 늘 손잡아 줬던 그에게 감사한 마음을 전한다. 보연아 고맙데이~

정규는 내가 위원장 하다 구속됐을 때늦게 상무집행위원으로 올라와서 정말 고생도 많이 했던 후배다. 얼마 전 딸의 결혼으로 진정한 어른(장인어른)이 되었다. 정규는 현대자동차 내에 어떤 현장조직에서든 신뢰받는 친구이다. 의리와 성실함을 인정받는 몇 안 되는 활동가다. 누구든 그에게 다가와 부탁을 하고 설사 그 부탁이 해결되지 않아도 그의 진정성, 그의 성실함으로 충분히 고마워한다. 나도 늘 그에게 편하게 전화를 하게 된다. 자주 연락하지 못하고 만나지 못해도 늘 그 자리에 있을 것 같은 믿음을 갖고 있다.

정규야. 건강하게, 네가 늘 날 부르던 대로 깡식이 형하고 술 한잔 하자꾸나.

창열이는 충성파다.

유기 위원장 때 대협실장 일을 했던 창열이는 내가 보기에도 위원장에게 최선을 다했다. 나와의 인연이 깊지는 않지만 보연, 정규와의 인연 속에서 늘 서로를 챙기고 보완해 가며 그들은 성장해간다.

나는 이 세 사람이 좀 더 넓고 큰 무대에서 다양한 상상력으로 자신들의 기량을 크게 발휘하길 기대하고 있다.

재선 실장 강종익. 재선본부장 김홍규

두 사람은 소재사업부 소속이다.

처음부터 같은 조직에서 활동을 한 것은 아니지만, 김홍규의 노력으로 같은 조직에서 활동하게 되었고 그 이후 강종익은 놀라운 친화력, 책임감, 열정으로 조직에 복무하였다. 그로 인해 두 번의 총무실장 역할을 잘 소화해냈다.

그는 운동도 좋아하고 술도 잘 마셔서 어지간히 마셔서는 취하는 것을 보지 못했다. 언젠가는 내 친구 치영과 둘이 앉아서 막걸리를 스물몇 병을 마셨다나? 대단한 저력(?)이다.

스타일상 굵직굵직하게 일을 처리할 것 같은 강종익 실장은 세밀하고 촘촘해야 잘할 업무인 총무실장 역할을 잘해나갔다.

가끔씩 노동조합에 올라가면 가장 먼저 다가와 살갑게 위원장님 뭐 드실래요? 커피와 음료수를 잔뜩 가져와 골라서 드시라는 섬세함과 세심한 배려로 나를 대했다.

그러니 그것도 선입견이고 경계해야 할 사고이다. 어떤 일은 이러저러한 사람이 잘한다는 생각.

김홍규 수석은 97년도 내가 위원장 당선이 되고 법규부장으로 일을 했다. 서글서글해서 사람과의 관계를 잘한 그는 법적 처리에 앞서 사람과의 도리를 우선에 두었다. 그 험악한 시절, 경찰들과도 밀리지 않고 업무를 척척 수행해냈다. 그의 자신감과 열정이 유감없이 발휘된 법규부장의 역할이었다. 남들이 피하던 역할, 피곤하고 힘들고 지치는 사람과의 관계를 끊임없이 해야 하는 그 역할이 법규부장의 역할이었다.

그는 이후 두 번의 자동차 위원장 선거를 맡아서 승리로 이끌었다. 본인이 출마는 못 했지만, 선대본부장으로서 형식을 뛰어넘는 내용적인 진두지휘로 그 어렵다는 위원장 선거를 두 번이나 이겨냈다.

김 수석은 미식가에 호탕한 성격이라 주변에 친한 지인들이 늘 들끓는다. 자동차 역사에 선배로 좋은 영향을 남기기 바란다.

아버지

나는 나를 낳아주신 아버지와 별로 정이 없다.

일찌감치 바람 피워 다른 가정을 꾸렸을 뿐만 아니라 살면서 어머니와 우리 삼남매에게 상처만을 남겨줬던 그런 분이었다.

나는 장인어른을 아버지라 불렀다.

늘 말이 없으시고 코를 부비시며 빙긋이 웃으시던 아버지.

아버지는 쉰아홉에 풍을 맞으셔서 왼쪽 반신이 마비되셨고

그 불편한 몸으로 이십 팔년을 더 자식 곁에서 사시다 가셨다.

내가 아내를 만난 건 현대자동차에서 해고되고 수배를 받던 시기였는데 아버지는 모아둔 돈도 없고, 심지어 수배상태인 사위를 마다하지 않고 받아 주셨다.

그 뒤로도 두 번 더 해고와 수배, 구속이 있었다.

그때마다 아버지는 아내와 아이들을 아버지의 집인 부산에 데려가서 보살펴주시고, 내가 이감을 갈 때마다 휠체어를 타시고 면회를 오시곤 하셨다.

나는 시골에 들어가 살게 되면서 2년간 아버지와 어머니를 모시고 살았다. 퇴근하면서 비닐봉지에 소주 두어병, 횟거리 조금 사 와서 사위랑 하는 한잔을 아버지는 좋아하셨다.

말이 없으셨던 아버진 소주 몇 잔에 무수한 과거의 경험담과 당신의 역사를 쏟아 내셨고 나는 아버지의 그 무용담을 들어드렸다.
나는 처음으로 아버지랑 살면 이런 느낌이겠구나 하는 생각을 했었다.

이상하리만치 과묵하고 그 흔한 잔소리 한 번 하지 않으시던 아버지도 내게 잔소리 아닌 잔소리를 딱 한 번 하신 적이 있는데 다름 아닌 술을 줄이라는 당부셨다.
아버지는 가끔 드신 술 때문에 풍이 왔다고 굳게 믿고 계신 터였다.

표현은 없으셨지만 누구보다 자식을 위해 헌신하셨고
주어진 삶을 최선을 다 하셔서 사셨던 분.

말수가 없고 조용하셨지만 따뜻하셨던 아버지.
돌아가신 후 내 꿈에 나오신 아버지는 건강한 두 다리로 불편함 없이 걸어 다니셨다.
얼마나 기뻤는지 모른다.

아버지 계신 그 곳에서는 자유로우시겠지

일제강점기. 출가와 승려생활, 한국전쟁 그리고 속세에서의 삶.

육체를 옭아맨 기나긴 병고.

그 삶의 격랑을, 인고의 세월을 온 몸으로 잘 살아내시고 긴 휴식에 드신 아버지!

아버지는 내게 어떤 조건에서도 최선을 다하라고..

주어진 삶을 잘 살아내라고..

오늘도 내 어깨를 토닥여주신다.

신창원

김해교도소로 이감 간 뒤였으니, 1999년 7월 어느 날이었나 보다. 새벽에 유난히 교도관들의 구둣발 소리, 경교대의 워커 소리가 시끄러웠다. 다음날 교도관을 통해서 얘기 들어보니 신창원이 잡혀 왔단다.

범죄자였지만 신출귀몰한 행적으로 인해 신창원은 그때 이미 유명 인사였다. 신창원은 수갑을 차고 밥을 먹고, 운동도 못 하고 징벌방에서 하루하루를 보내야 했다.

나는 영치물로 들어온 빵과 간식을 그에게 보냈고, 식구통으로 그와 얘기를 나누었다. 얼마 뒤 공안수 대표였던 나와 동지들의 강한 항의로 그에게 운동 시간을 확보해 주었으며 그는 수갑이 묶인 채로 우리와 농구를 할 수 있었다. 문제는 묶인 신창원이 자유롭게 운동할 수 있는 우리보다 농구를 더 잘한다는 거... 쩝!

그는 기회가 돼서 석방된다면 자신과 같은 불우한 환경에 처해있는 청소년들이 범죄에 엮이지 않도록 상담 교육을 하며 생을 마치고 싶다 했다.

소내 개선 투쟁으로 우리는 단식을 벌였고 그도 동조 단식을 하다가 다른 곳으로 이감되었다. 그때 보내온 편지를 나는 지금도 가지고 있다.

그의 꿈이 이루어지길 희망한다. 죄는 미워도 사람은 미워할 수 없다. 그의 말대로 이 땅의 청소년들이 사회의 안전장치가 없으므로 범죄의 길로 들어서지 않도록 정치의 역할이 크다.

김해교도소 동지들

이십 년 전 정리해고 투쟁으로 구속되어 울산에서 주례구치소로 이감 갔을 때 가장 먼저 반겨준 사람이 김창현 동구청장이었다.

같은 사동 위층 남자인 나와 아래층에 있던 김창현 전 청장은 둘만의 에피소드가 많다.

요구르트로 막걸리를 담아서 마신 기억, 여름날 막걸리를 담았던 통의 에어가 터져서 온 사방에 발려진 막걸리를 지우던 김창현. 그때 영남위원회 사건으로 임동식, 방석수, 정대현 등이 함께 있었다. 그들과 김해교도소로 이감을 가서 대구교도소로 이감 가기 전까지 독방만 있는 특사에서 같이 생활을 했다.

서로의 정파는 달랐지만 교도소 안에서 함께 담장 밖의 시국을 때로는 반대의 입장에서 때로는 공감하며 함께 토론했다.

착하고 선했던 김창현은 성악가의 목소리로 한밤 잠들기 전 이동원의 향수를 불러줬고, 의리 있고 친절하고 젠틀한 방석수는 늘 환한 웃음으로 아침을 열어줬다.

천재 임동식은 책 읽는 속도가 남들보다 세배는 빠르다. 지금 이삿짐센터를 하면서 해고된 동지들을 챙기는, 정파를 넘어서 누구에게도 인정받는 친구들. 오랜 시간 못 봤지만 가끔 봐도 서로의 지향점을 뛰어넘어 반가운 모습들이다.

얼마 전 노무현 대통령 10주기 때 김종훈 민중당 국회의원과 방석수를 만났다. 오랜만에 나눈 악수가 따뜻하다.

현장조직의장 넷

내가 아는 종철이라는 이름을 가진 두 명의 사람이 있다.

두 사람 모두 사람과의 관계를 뛰어나게 잘한다.

김종철은 같은 공장에서 같은 일을 하면서 늘 응원 해주고 지원해줬던 친구고, 이종철은 차세대 운동의 리더로 역할이 분명 한 후배이다.

조용하고 차분 하지만 분명한 자기 소신을 갖고 조직을 운영해간다.

누구도 가리지 않고 진심으로 대하고 누구보다 부지런한 종철은 분명 큰 역할을 하리라 믿는다.

송두익은 씩씩하다.

현장조직의 의장을 맡고 있는 그는 '안된다', '힘들다'는 얘기를 하지 않는다.

삼십여년을 지켜보면서 그가 내게 보여준 건 호탕한 웃음과 "해보죠!" 라는 결론이었음을 나는 기억한다.

지금도 늘 송의장의 거침없는 씩씩함이 좋다. 소주를 한잔해도 흔들림 없이 자신의 의지를 확인 시켜주는 그다.

송의장의 여유로움과 확신에 찬 열정이 노동운동에 큰 기여가 되리라..

이상수 의장은 짧지만 함께 현장조직 활동을 했고, 지금은 사회연대포럼의 공동의장을 맡아 정치적 방향을 함께 모색 하고 있다.

이경훈 전지부장과 호흡을 함께하는 현장조직의 의장으로 사람과의 인연에 대단히 충실하다.

이경훈 전지부장이 총선에 출마 하려고 했을 때는 몸을 던져 헌신적으로 돕기도 했다.

이것은 개인을 넘어서 조직의 사람 관계 속에서 의리와 믿음을 확인 시켜 준 것이다.

좀 더 다양하고 의미있는 역할을 하리라 기대한다.

내가 쓰는 모든 글은 덕담이 아니라 기대이고 , 선·후배 혹은 좀 더 먼저 역할을 했던 동지로서의 부탁임을 알아주시라..

백종세 선배는 현대차의 현장조직에서 처음으로 발행된 현.노.신 발행인 이자 조직의 의장이었다. 물론 지금은 올해 정년을 앞두고 그간의 과정을 정리하고 새로운 출발을 준비중으로 안다.

꼬장꼬장 하지만 입가에 웃음을 잃지 않는 선배는 외유내강이시다.

늘 고민하고 진지한 백선배 지금 까지는 볼 때마다 의장님이라 호칭 했다.

회사안의 단조식당에서 가끔씩 마주치면 백의장님은 한참을 이런 저런 얘기로 현장문제의 우려와 고민 그리고 방향을 얘기 해주신다.

자전거를 타고 중구청을 지나 출근하는 모습 2공장문으로 걸어서 퇴근하는 모습이 지금도 눈에 선하다.

늘 함께 하기를 바라며 퇴직한 이후에는 선배라 부르리라.

선배도 마다하지 않으리라..

이외에도 현장의 건강함과 조합원의 권익을 위해 뛰는 분들이 많지만 미처 글로 담지 못함을 양해 바란다.

강원도래요

　나하고 참 친한 세 친구가 있다.

　두 사람은 선배이고, 한 친구는 전생에 동생이었지 싶다.

　용녀(용태)는 책을 좋아하는 친구다.

　남아수독오거서(男兒修讀 五車書)라고 하는데 이 친구는 만권이 넘는 장서를 보유하고 있고, 늘 책을 통해서 자기 성장에 에너지를 축적하고 있는 친구다. 내가 힘들고 어려울 때 언제든지 가서 얘기할 수 있는 (운동권이 아닌) 민간인 친구, 오경환과 이용태는 후배이지만, 늘 친구같이 정겹다.

　나의 한 숨 소리를 듣고 나의 고민의 깊이를 알아주는 친구, 술 먹자고 할 때 자신이 술 안 마셔도 피하지 않는 친구, 언제든지 힘들고 어려움을 이야기할 수 있는 친구, 따뜻한 후배이다. 용태가 부르거나, 경환이가 무슨 일이 있으면 나는 달려간다. 세상은 주고받는 것이 아닌가. 그런데, 내가 주는 것 보다 받은 것이 너무 많아서 미안하고 고맙다.

목사님 우리 목사님

기독교인들 중 내가 좋아하는 세 분을 뽑으라면 울산 시민사회의 큰 어른이신 한기양 목사님, 조성 형, 그리고 김문철 장로님이다. 우리는 그를 목사님이라 부른다. 술을 한 방울도 안 마시지만 우리 술자리에 와서 돼지국밥을 먹고 껄껄껄 웃는 목사님, 운동에 승부욕이 강해서 지거나 하면은 얼굴을 붉어지지만 주님의 이름으로 자신을 이긴 자를 용서하나니.. 목사님 우리 목사님.

기마왕, 기성진 형

어디 김씨가 안되고 기씨가 된 사람이 김씨한데 까부냐며 놀려댔던 성진이 형.

이 형은 술하고 웬수지간이다. 술을 아무리 마셔도 그 다음날 거뜬히 일어나는 강원도의 힘. 이 형은 나만 보면 좋아 죽는다. 자동차 입사 후 가장 나랑 오래 함께한 형 중에 한 분이다.

노동운동도 모르고 정치도 모르고 세상사는 것에 대해서 다 몰라도 김광식에 대해서는 안다. 늘 얘기한다. 내가 힘이 못돼줘서 미안하다고. 언제든지 난 너랑 함께 있겠다고.

술 안 취하면 김위원장, 술 취하면 광식아,

이 형은 나보다 두 살이 많지만 열 살 위에 형보다도 더 살뜰히 날 챙겨준다.

이 세 사람이 강원도의 힘이다.

강원도와 나와는 무슨 인연인지, 잘 만나고 잘 관계한다.

그래서 우리 감사실장도 강원도 사람, 청렴부장도 강원도 사람,

강원도는 나의 힘인가 보다.

백 소장

운호는 현대자동차 지부노동조합 수석부지부장이자 북구비정규센터 소장이다.

이 친구는 고등학교 동기동창이며 40년을 이어온 오랜 친구이다 중학교를 한해 꿀어 나보다는 나이가 한 살 많은 쉰여덟의 청년 백운호.

학교 다닐 때부터 체력도 좋고 과묵하고 의리가 있고 웃음이 하얗고 매력있고 멋있던 친구.

그 친구를 자동차 입사 후 다시 만나고 또다시 삼십년 넘게 우정을 이어가고 있다.

운호는 내가 조금 부족해도 나를 응원하고 위로 해준다.

나 또한 운호가 잘되길 바라고 늘 힘이 되어주고 싶다.

지방선거 나갔을 때 수행이 늦게 와서 내가 어려워할 때,

내 곁에서 친구로 서서 명함을 돌려주던 내 친구.

보면 보는 대로 안보면 안보는 대로 가끔 봐도 좋고 반가운 친구.

대한민국에서 친구와 동지를 이어가는 사람이 얼마나 될까?

자동차를 다녔을 때 운호와 나는 각자 다른 조직에 있었다.

운호가 지부노동조합 선거에 출마 했을 때 난 참 곤란 했었다.

그러나 모든 걸 다 떠나서 응원하고 격려하였다. 그게 친구가 아닐까?

현장 순회하며 선거 운동하는 그와 수행을 황급히 따라가서 컨디션 한 병씩 먹이고 돌아서는데 참 안쓰럽기 그지없던 운호.

그는 당선이 되었고 지금의 하부영 지부장과 함께 노동조합을 진두지휘 하고 있다.

원래 그 자리가 그 역할이 힘들고 어렵고 욕 듣는 자리다.

임기를 마치고 내려올 때 온몸의 에너지가 다 소진되는 역할,

나는 친구가 대한민국 노동조합의 역사에 제대로 된 진정성을 발휘해서 좋은 마무리 그리고 새로운 출발을 하기 바란다.

하후상박. 사회적연대. 노동조합운동의 가치를 시민 공감이 형성 되도록 친구로, 동지로 바라고 또 바란다.

술도 한잔 못하고 말도 없이 과묵 하지만 진심이 통하는 사십년의 우정의 친구.

친구야 사랑한다.

3부. 시민사회, 정치

우리는 처음에 운동을 시작할 무렵부터 공장 밖의 투쟁과 실천에 관심이 많았다.

노동운동의 궁극적 해결은 결국 '정치' 문제로 귀결 될 수밖에 없다고 믿었기 때문이었다.

그러나 진보정당운동은 성과를 내지 못한 채 너무 일찍 한계를 드러냈다.

과연 대안의 길은 어디인가? 라는 진지한 시대의 질문 앞에서

같이 머리를 맞댄 사람들이 있었다.

그들은 때론 공장에서, 때론 지역에서 묵묵히 변화하는 시대를 바라보며

우리가 해야 할 작은 실천에 대해 끊임없이 생각하고 판단하며

끊임없이 새로운 시도를 멈추지 않았다.

청재킷을 입은 외국인노동자

2003년 6월 북구비정규직센터가 만들어졌고 나는 소장의 역할을 맡았다. 그해 겨울 오토바이를 타고 직장인 현대자동차로 출근하기 위해 효문공단을 지나가는데 청재킷을 입고 추위에 떨면서 몸을 잔뜩 움츠리고 공장으로 출근하는 동남아시아 외국인 노동자를 보았다.

며칠을 생각해 봤다. 저 친구들도 노동자인데 내가 뭘 도와주고 함께할 수 있을까?

당시 센터 사무장이었던 필원과 상담실장 민주와 함께 달천·효문공단을 돌며 노동 상담을 받기로 했다. 좌충우돌 말도 글도 안 통했다. 오직 몸짓으로 소통하며 간단한 리플렛을 만들어 상담을 안내했다. 필원과 민주가 고생이 많았다. 몇 달간 발로 뛴 결과 스리랑카, 방글라데시, 네팔 노동자들을 중심으로 이주노동자들과의 관계를 형성하게 되었다.

2004년 인도네시아에 강진과 쓰나미로 수십만 명의 인명 피해가 발생했다. 함께하는 친구 중에도 가족의 생사가 확인되지 않는 친구가 있었다.

우리는 그해 겨울 가장 추웠다는 일월의 어느 날 거리로 나가 이틀간 모금 운동을 진행했다. 나이 어린 학생들, 가난한 노동자들... 배달하러 가던 한 노동자는 오천 원을 모금 통에 쑥 넣어주기도 했다. 가난한 자들의 연대가 더욱 컸던 모금 행사였다.

여름날 휴일에는 현대자동차 노사의 도움으로 매년 관성 해수욕장에 물놀이를 갔다. 바다를 처음 본 몽골 노동자는 탄성을 지르고..

노래자랑과 게임도 하고.

나누고 돌보고 함께함의 기쁨과 행복함을 가르쳐준 나의 친구들이다.

우리 센터 자문의사들

얼마 전 옛날 자료와 사진을 뒤지다 보니 2003년도 내가 비정규직 지원 센터 소장을 할 때 자문위원으로 함께한 사진을 찾았다. 삼십 대 후반의 풋풋한 모습이 참 새로웠다.

이들과의 인연은 98년도 정리해고 투쟁이다. 투쟁이 길어지면서 지쳐 가고 힘들어하고 다치는 조합원들을 진료하고, 치료하던 그분들이 내가 비정규직센터 소장으로 있을 때 자문의사로 역할을 해주었다.

연합치과 박영규 원장은 시민연대의 대표로 활동하면서 이십 년 넘게 울산의 시민단체를 지원하고 운영해왔다.

치과 이름에 연합이 들어가서 자칫 울산연합이라는 단체와 관계가 있는 건 아닌가 하는 오해도 많이 받았다.

박 원장은 어느 쪽에도 치우치지 않는다. 균형과 조화를 잘 이루는 사람이다. 한결같이 사회적 약자를 지원하고 연대하는 박 원장. 치과의 이름처럼 조직된 시민사회의 세력들을 연합해서 수구의 반격에 당당히 맞서 나가길 바란다.

새날 정양수 원장은 고집이 세고 무뚝뚝하다. 그러나 그는 언제나 사회적 약자 편이었다. 나는 그를 좌파 한의사라고 생각한다. 좀 더 쉽고 편하게 갈 수 있지만, 그는 그 길을 선택하지 않았다. 비정규직 노동자를 도왔고, 이주노동자와 함께했고 내가 울산에서 서울까지 천리를 비정규직 차별철폐, 한미FTA반대 기치를 걸고 길을 걸었을 때 그 길에 전국의 한의사를 지역마다 배치해서 혹시나 완주하지 못할까 밤마다 수십 방의 바늘로 발바닥을 찔러대며 다음날 어김없이 길을 나서도록 안내해준 자문의사였다.

현대자동차에 처음으로 한방건강검진제도를 도입할 수 있게끔 역할을 한 새로운 시도가 그로부터 기획되었다.

영천파출소

　울산을 떠나 서울로 가는 3일 차. 영천에 도착했다.

　미처 예상치 못하고 새로 사 신은 딱 맞는 신발이 부은 발을 조여 왔다. 점심 한 끼를 해결하기 위해 영천 파출소에 솥단지를 실은 차를 대고 성규는 밥을 했다. 꿀맛 같은 점심을 해결하고 다시 길을 나서려는 순간, 한 경찰관이 흰 비닐봉지에 캔커피를 한가득 담아서 다가왔다.

　"저희 아버지도 농사를 짓는 분이고 무분별한 한미FTA로 농민들이 피해를 보지 않았으면 하는 바람입니다."

　그 말을 남긴 채 슬쩍 캔 커피를 놓고 간다.

　그 따뜻함이 고스란히 전해졌다.

　그 순간 경찰관을 바라보는 내 생각도 달라졌다.

　매번 구속과 수배를 반복하면서 갖던 인식이 전부가 아님을 새삼 깨닫는다.

　농민의 아들이며 공직자지만 서민의 모습으로 살아가는 무수한 경찰관들께 감사의 마음을 전한다.

좌 용화 우 기옥

다정한 놈이 있다. 애살이 많아 주변을 늘 챙기고 몸 개그, 아재 개그로 펫북을 강타하는 곰 같은 놈이 있다.

말도 표정도 인색하다.
그러나 마음 씀씀이가 깊디깊은.
이 둘을 나는 좌 용화 우 기옥이라고 불렀다.

내가 감옥에 있을 때 노동자 정당을 지금 만드는 것이 올바른가에 대한 논쟁이 치열했다. 지금 생각하면 우스운 얘기이지만 99년도 김해교도소에서는 치열한 논쟁의 의제였다.

민주노동당으로 만나 지금은 흩어진 진보정당 역사 속에서 이들과의 인연이 깊어졌고, 2010년 지방선거에서 나는 좌우 날개를 달고 거침이 없었다. 함께 의논하고, 결정하고, 실행하는 동안 우리는 호흡이 맞았다.

끝까지 완주하진 못했지만, 마지막 순간까지 좋은 파트너로 함께 했던 좌우 날개는 여전히 내가 어떤 결정을 할 때 의논하게 되는 동지로 남아 있다.

 다른 길을 걸으며 다소 어색해졌지만, 다정했던 기억, 유쾌한 통찰이 그리운 놈.
 인사도 없고, 빙긋이 웃는 게 전부였던 친구. 든든한 서포터스로 늘 옆에 있어준 곰 같은 놈.

신뢰의 아이콘 이용진

정치 운동을 돌이켜보면 나는 이용진이 가장 아깝다는 생각이 든다. 2000년대 초 민주노동당이 진보정치의 역사를 써 내려가던 시절, 공직보다 당직으로 출발해서 제대로 된 진보정치의 꿈과 모범을 보이려 했던 그는 좌절했고 운동을 떠났고 평범한, 그렇지만 건강한 시민으로 남았다.

아마 그가 공직을 맡아서 정치했다면 나는 누구보다 그가 훌륭한 노동자 정치인이 되었을 것이라 생각한다.

나는 그가 돌아오길 바란다. 물론 나의 욕심인 걸 잘 알고 있다.

그는 내가 현대차를 떠나 근로복지공단으로 올 때 누구보다 축하해주었고, 안타까워하기도 했다.

우리가 좀 더 열심히 잘했더라면 김광식 위원장이 민주당으로 갔겠냐며 안타까운 송별사를 했던 그. 그때 난 떠나는 게 아니고 진보의 꿈을 확장시키고 주장과 제기가 아닌 실행하러 가는 거라고 변명 아닌 변명을 하고 싶었다.

그리운 이용진의 안타까움이 신뢰의 환한 미소로 입가에 번질 수 있도록 오늘도 난 새롭게 의지를 굳힌다.

아! 노회찬..

2007년 대선

민주노동당 울산시당 위원장이었던 나는 중립을 지켜야 하지만 한편 심상정 누나를 대선후보로 지지하고 응원했었다.

내부 경선 중 어느 날 화봉동 하이트라운지 호프집서 노회찬 의원이 보자고 연락이 왔다.

그날 밤늦도록 소주를 마셨다. 도와달라는 노회찬 의원의 부탁을 거부하기가 힘들었다.

그러나 끝내 그 부탁을 들어줄 수 없었다.

심 누나와 삼십 년 현장에서 산전수전을 겪은 의리를 저 버릴 수는 없었기 때문이다.

나의 정치적 선배며 동지였던 노회찬

하회탈 같은 웃음으로 그는 늘 후배들에게 다가섰고 난 아직도 빚진 마음을 져버릴 수가 없다.

그래서 나는 노회찬 의원과 함께하는 동지들을 응원한다.

교장 쌤 김주열과 평등사회노동교육원

　그의 친구는 책이다.

　삼십 년 전 나와 박준석, 김주열, 이재인이 만나서 파업을 논의할 때 우리는 그의 집에서 모였었다. 그 친구의 방은 책이 꽉 들어찬 책장으로 둘러싸여 있던 기억이 난다.

　삼십 년을 노동자 철학에 충실한 사람.
　머리는 똑똑하고, 몸은 우직한 사람.
　나중 퇴직 후 교육원 관리인이나 수위로 일하면서 후배들과 함께 인생을 마무리하겠다는 그의 꿈이 잘 완성되어가길 바란다.

　평등사회노동교육원 교장쌤 김주열 곁에는 조문건이 있다.
　약사인 그가 청년시절 꿈꾸던 것들을 지역 활동가들을 지원하면서 만들어가는 것을 보면 놀랍고, 존경스럽다. 직접 나서지도, 말을 많이 하지도 않지만 묵묵한 그의 정성에 사람들이 치유받는다. 문건아! 형이랑 소주 한잔 하자. 늦도록 한잔 기울이던 날이 문득 그립다.

나와 필원이와 함께 혀짜라기(?) 삼 남매로 불리는 윤정도 평등사회노동교육원을 지키는 후배이다. 윤정은 알뜰하고, 맡은 바 소임을 충실히 해낸다. 윤정이 새로운 노동운동 활동가 교육을 하고, 노동인권을 널리 나누는 일을 통해 깊게 성장하기를 바란다. 최윤정, 행님들 마음 알제?

　딴딴하고 똘망똘망한 손해용은 교육원을 잘 지키고 있나?

　노동조합을 만들고, 초창기 어려움을 헤쳐 나가는 모습을 보면서 '참 괜찮은 친구다.' 생각했다. 사람은 자신을 알아보는 사람을 만나는 만큼 복도 없는데, 손해용은 애정 하는 선배들이 곁에 있어서 좋겠지? 부담스러우려나...

　어린 날 노동조합을 알아갈 때 학습했던 열정만큼은 아니지만, 마흔이 훌쩍 넘어 여전히 대안사회를 위한 공부와 꿈을 키웠던 평등사회노동교육원은 내게 참 고맙고, 편안하다. 그곳을 지키고 가꾸는 친구들처럼.

노쌤

노쌤은 울산광역시 교육감이다.

그것도 준비된 교육감.

보통의 정치인이 행사 시작 전 잠깐 인사말만 하고 바삐 떠나는 게 상식처럼 돼 있는데 이분은 그렇지 않다.

대부분은 끝까지 자리를 지키고 마무리까지 함께 한다.

성의 있게 보이고 신뢰를 할 수 있게 만든다. 삼십 년을 함께 하면서 지역에서 좌·우를 떠나 믿음을 주는 선배는 많지 않다.

눈물 많은 교육감.

노쌤은 제자의 잘린 손을 보고 노동운동을 시작했고, 크고 작은 울산의 노동자 투쟁 현장에서 함께 싸웠고, 곁을 지켰다.

'한 명의 아이도 포기하지 않는 울산교육'이라는 울산교육청의 철학은 노옥희 교육감의 소신이면서 노동자 철학의 또 다른 표현이다.

현실 정치(행정)가 그리 녹록지 않을 줄 안다. 나 또한 공단 감사직을 수행하며 느끼는 바다. 존재하는 갈등과 수십 년간 고착화된 관행과 벽을 마주하고, 대안을 만들어낸다는 것은 여간 어려운 일이 아니다.

얼마 전 그의 페북에 난 이렇게 썼다.

화장품 하나 바꿔서 피부가 좋아지기는 힘들지만, 교육감 한 명 바꾸면 우리 아이들의 얼굴에 환한 웃음으로 교육 환경이 바뀐다고.

앞으로 삼십 년을 함께 할 때도 난 늘 그의 팬이기를 주저하지 않을 것이다. 영원한 노쌤에게 팬심을 담아 글을 보낸다.

시민의 힘 김태근

울산의 시민사회단체를 얘기할 때 김태근을 빼고 시민사회를 말할 수 있을까?

머리가 좋은 사람이 열정까지 있고 거기다 조직까지 잘하니 천상 '정치를 해야 할 팔자'인데 아직 그는 꿈쩍하지를 않는다. 늘 그렇듯 시민단체 활동으로 자신의 역할을 말한다.

2009년 지방선거에 출마하려 할 때 그는 나를 공천 심사했다. 얼마나 쑥스럽던지 은근 부끄럼이 많은 난 후배 앞에서 나의 정치철학과 소신을 밝히는 것이 무척 부끄러웠다. 그런 나를 알고 그는 인정사정없이 질문하고 테스트했다. 매사 진지하고 열심히 집중하는 사람, 그게 태근이다.

얼마 전 이십만 원 들고 울산에 온 태근의 삼십 년을 기념해서 선·후배들이 고맙다고 모임을 했다고 한다. 난 참석하지 못했지만, 진심으로 그가 울산에 와줘서 고맙다.

필요할 때, 쓰임이 있을 때 날 불러줘서 고맙다.

많진 않았지만 진보진영의 승리가 있을 때마다 태근이가 곁에 있어 줘서 고맙다.

술 사달라고 자주 말해줘서 고맙다.

고마움을 잊지 않을 테다.

선배의 역할을 잘해서 갚아줄 터이다.

필원과 덕종

필원은 나와 함께 초대 비정규센터의 사무국장으로 일했고, 지금은 자유로운(?) 노동자로 15톤 화물차를 몰고 다닌다. 여행을 좋아하는 자유롭고 유쾌한 영혼, 필원. 그러나 어찌 보이는 게 다이랴. 여리고 마음 약한 필원은 상처도 많으리라. 부디 더 즐겁고 신나는 인생을 즐기고 누리길.

덕종은 나우정밀 노동자였다. 울산에 와서 지금에 이르기까지 난 늘 덕종에게 부탁만 한 것 같다. 나와 비슷한 삶을 살아서 그런지 학연, 지연, 혈연이 내세울 게 없는지라 군이 따지면 노연(노동연대)으로 편하게 의논하고 부탁한다. 덕종은 생각이 깊다. 그리고 판단력이 뛰어나다. 그의 역량 발휘가 묻혀 있는 것 같아서 안타깝지만 언젠가는 그 진가를 꼭 발휘하리라.

큰아들 창언이가 노동운동하는 부모 덕분에 혼자 자라는 걸 봐온지라 항상 마음이 짠하다. 이젠 창언이도 커서 군대를 제대하고 인도로 어디로 육 개월씩 자신이 돈 벌어서 배낭여행도 갔다 왔단다. 가족이 서로 배려하고 챙기면서 새롭게 출발한 필원과 나의 여동생 덕종. 그리고 창언, 경서에게 축복이 있을지라. 아멘.

기특한 유지

　중구 학성동 통합정류장 옆에 이주노동자지원센터가 있을 때 성유지는 일 년간 이주노동자들에게 한글을 가르쳐준 고등학생이었다.

　수능을 준비하는 수험생이 한주도 빠짐없이 한글을 가르치러 나온다는 건 쉬운 일이 아니다. 그때 다섯 명의 이주 노동자는 꼬박꼬박 일요일마다 한글을 배우러 왔다.

　모든 약속이 다 중요하겠지만 일주일을 기다리며 한글을 배우러 오는 노동자들과의 약속을 어기는 것은 센터를 운영하면서 무척 화나고 서운한 일이었다. 그러나 유지는 단 한 번의 지각조차 하지 않았다.

　아빠를 닮았나?

　아버지 성창기 원장은 열정 많고 지역 활동에 애정이 많은 전(前) 울산 시민연대 대표다.

　들리는 이야기로 유지는 서울시의 단체에 인턴으로 있다던가?

　유지는 어떤 일을 하더라도 잘 해내리라 믿는다. 그 친구가 우리의 미래임을 나는 가슴으로 믿어 의심치 않는다.

안 원장

안 원장을 만난 지는 이십 년이 넘은 것 같다. 겉모습은 앳된 얼굴에 귀공자 스타일이다. 그러나 그가 입을 열고 말을 하기 시작하면 속된 말로 "깬다". 억센 억양의 갱상도 정통 발음이 터져 나온다.

거기다 노래까지 부르면 경상도 말투로 완전 "직이뿐다".

노무현재단 2017 송년회 때 그가 모두를 제압했다.

음정과 박자가 서로서로 각개전투한다.

우리는 웃다 울다 쓰러졌다.

그는 노동자 투쟁에 늘 함께 한 사람이다. 지역의 전문가들과 의사들을 동원해서 노동자들이 싸움에 지쳐서 사그라져 갈 즈음 치료를 넘어서 치유까지 함께하는 치과의사이자 지역 시민사회 활동가이다. 지금은 울산 노무현재단 상임대표와 울산시 미래비전위원회 대표를 맡고 있다.

십 년 전 울산이주민센터가 방을 못 구하고 있을 때 안 원장은 자신의 병원 한 층을 흔쾌히 무상으로 내주었다. 그 통 큰 선물 덕분에 지금껏 연간 천 명이 넘는 이주노동자들이 진료와 상담을 진행할 수 있었다.

나눔과 돌봄 그리고 실천을 행동하는 나의 파트너.

이주민센터 방 빼지 않도록 "무상" 십 년 임대 추가요~

윤변

윤변은 윤인섭 변호사다. 이 형을 생각하면 노변(노무현 변호사)이 생각난다.

세 번을 내 담당 변호사로 있었고, 울산의 노동문제 변론뿐만 아니라 각종 사건과 사안 속에는 이 형이 있다.

성과분배 투쟁으로 법정에 섰던 92년, 우리는 그가 변호사가 아닌 웅변가라 생각했다. 당시 수많은 노동사건에 대해 변호사들은 실정법 위반임을 인정하지만, 이들의 투쟁은 정당성이 있기에 선처를 바란다는 것이 대부분의 기조였다.

그러나, 윤변은 시작부터 달랐다. 노동자들은 정당한 자기 행위를 한 것이고, 헌법에 보장된 노동 3권을 주장한 것이기에 죄가 없다고 강변을 했다. 법정 분위기는 엄청 좋았다. 윤변이 내뱉는 한마디 한마디에 속이 후련해졌고, 박수와 갈채가 절로 쏟아졌다.

인권변호사 다운 변호가 왔다고 모두가 환호했다.

결과는 실형!

당시 이헌구 위원장은 2년 6개월을, 이 사건으로 여러 동지들이 2년을 구형 받았다. 난감했던 기억이다.

적극성, 추진력, 담대함과 촌철살인의 논리!

그의 발언 수위가 씩씩한 만큼 그에겐 적도 많다. 하지만 사람이 거침이 없고 자신의 판단 착오나 실수가 있으면 명쾌하게 마이 미스테일(my mistake)을 외치며 사과할 줄 아는 선배여서 설사 불편한 관계에 있는 사람들이라도 그를 미워하진 않는다.

나처럼 어린 나이에 가방공장에서부터 하지 않아 본 일이 없는 형은 어려울 때 힘들 때 늘 곁에 있어 줬다. 나는 그가 프레스에 으깨진 손가락을 하늘 높이 치켜들고 자기주장을 할 때가 가장 멋지다.

나도 그리 늙어가고 싶은데 난 변호사가 아니라..., 전사는 투쟁할 때만 나선다.

미소 전략가 창선

답답할 때 찾아가는 후배가 몇 명 있다. 그 중 가장 가볍게 그리고 가장 빠르게 찾아가는 창선은 나의 덜렁거림을 가볍게 퉁쳐주며 위로해 준다.

문 박사가 명리학적으로 내게 불의 기운이 필요하다고 했는데, 그 불이 창선인가 보다. 창선을 만나면 뭔가 후련해지고, 열의가 타오르는 것을 보면.

2009년 지방선거에 시의원 후보로 그가 출마했을 때 나보다 꼭 당선돼야 할 사람이라 생각했었다. 창선은 시민사회의 정책을 의회의 정책으로 가장 잘 반영시킬 능력이 있는 사람이다.

지금 창선은 ㈜좋은 일자리 대표로 있다. 퇴직자들의 인생 이모작을 설계하고 중·장년층 일자리 컨설팅을 구성하는 일을 하고 있다.

이런 친구가 울산의 발전을 설계하는 일을 한다면 울산 미래는 민관의 협치의 새로운 모델이 될 것이라 생각한다.

나의 바람이 상상으로만 그치지 않기를.. 그래, 그와 같이 나도 함께 울산의 미래를 그려봐야겠다.

인권변호사 송철호

어린 시절, 지역 활동가들의 모임에서 송변은 우리 가곡 '명태'를 멋들어지게 불렀다.

그는 노래 잘 부르기로도, 호탕한 웃음소리로도 유명하다.

나의 변론을 세 번이나 맡은 내 전문(?) 변호사 송철호.

울산의 수많은 노동자들의 아픔과 함께 했던 송변, 그는 자존심보다 사람을 살리기 위해 읍소하고, 설득하고, 항변했다.

8-90년대 울산 노동자들의 투쟁의 역사 속에 송변의 눈물이 함께 했다.

그런 그가 울산시장이 되었다.

팔전 구기 의지의 정치인, 송철호.

나이는 숫자에 불과하다는 말이 송변으로부터 생겨났나 보다. 그는 잠안 자고 쉬지도 않고 뛰고 또 뛰어다닌다.

억울한 사람, 약한 자들을 항변했던 송변은 시민들의 삶을 책임지는 역할도 따뜻한 항변만큼 잘 해낼 거라 믿는다.

나는 밤낮없이 뛰는 송변이 다소 염려스럽기도 하다.

철호 형! 건강도 챙깁시다. 힘 바짝 내요!

지역활동가들과 함께 했던 어느 술자리에서 울림이 컸던 '명태'에 박수
와 앵콜을 받았던 것처럼, 좋은 시정으로 앵콜!

김승석 쌤

운동하는 사람이나 단체가 김승석 선생님께 지원과 도움을 받은 것은 말로 다 할 수 없다. 어려운 상황에는 지푸라기라도 잡고 싶은 것이 사람의 마음이다.

특히 노동조합 활동은 정부나 사용자단체와 대립적이며, 갈등 관계에 있는지라 객관적이고 공정한 사회단체와 전문가들의 도움이 절실할 때가

한두 번이 아니다. 그럴 때마다 시민사회의 대선배로서 지역의 원로로서 한 번도 비켜서 있거나 부담스러워하지 않고 약자의 편에서 있던 선배 김승석 교수님. 얼마 전 따님의 결혼식에 난생처음으로 염색을 해서 십 년은 젊어지셨다며 해맑게 웃으시던 모습이 눈에 선하다. 나는 선생님이 울산의 싱크탱크로서 전면에 나서서 시민사회를 뛰어넘는 이십 년의 비전을 밝히는 역할을 해주시길 희망한다.

체인지 울산의 전략가이자 변치 않는 시민사회 중심인 김태근에게 바통을 넘길 때까지는 후배들을 위해 '외상'으로 일해주시길. 저랑은 오래도록 천천히 산책길에서 만나지요.

노무현재단

치열했던 삶을 살아왔던 나는 견제와 시기와 다툼에 지쳐 있었다. 그래서 다툼이 없는 곳 울산이주민센터에서 소장으로 사회적 약자들에게 도움이 되도록 일을 했었고 그러던 중 노무현재단과의 인연이 이어졌다.

여기는 재밌다, 즐겁다, 흥겹다.

여기 이 사람들은 노무현의 정신으로 문재인의 철학으로 별로 무겁지도 어렵지도 않게 모임을 만들어 간다. 그들은 한 사람 한 사람이 노무현, 문재인이었다.

손형순이 노무현이고, 강정 구릉비 류호석이 문재인이었다. 진정한 노짱사랑, 설초 박희종, 재치있는 원님 최원식 선배, 열정맨 정영갑 선배, 명랑소녀 최근영, 철학 있는 노동자 양석우. 재단의 합창단장 심규철, 열성 회원 유현철. 산악대장 진조석, 화가 배성희. 모두가 좋아하는 하로동선. 교육전문가, 최부자 철학의 전문가 최병문 선배. 똑똑한 김동준. 감각 있는 이재형. 재단지기 노현국 처장. 애교쟁이 다은 간사. 무슨 일이 생겨도 나타나는 영갑 선배. 남구 대장 심규명 인권변호사. 노동과 주름과 웃음 쌍둥이 열정맨 이선호 울주군수. 신은 공평치 않다는 걸 증명해주는 미남 세무사 홍근명 선배. 겉으론 무뚝뚝해 보이지만 마음 여린 손주 바보 권성술 선배. 조용하지만 빛나는 김점희, 열일하는 시민 아나운서 노동포럼 대변인 나경아. 자한당과 맞서 싸운 일당백 울산광역시의원 출신 최유경 감사, 스타일리스트 부지런한 김정호, 의정지킴이 김선미 시의원. 현자노조 기획실장 출신 조강훈. 말은 없지만 열정과 에너지는 넘치는 손승욱. 민주보전 이상철. 크라잉넛보다 더 잘 달리는 이창민. 울산의 이천여 재단 회원 모두가 바보 노무현, 문재인이다.

재단의 공동대표가 되던 날 난 이렇게 인사했다

함께하면 신나는 곳. 재밌는 곳. 심각하거나 긴장스럽지 않는 곳. 그것을 나에게 선물로 준 단체가 노무현 재단이라고.

앞으로도 그들과 나는 민주주의를 지키는 깨어난 조직된 또 하나의 시민으로, 재단의 식구로 함께 갈 것이다. 노무현 정신과 문재인 대통령의 국정 철학을 실현하기 위해서..

울산정책공간

정책공간은 울산의 각 분야의 전문가들이 모여서 정책을 개발하고 생산해내는 정책 공장이다.

노동, 교육, 환경, 에너지, 문화, 도시재생 등 다양한 의제를 갖고 토론하고 논의해서 중앙정부와 지방정부에 의견을 제시하고 또한 공약의 이행을 체크해보기도 한다 민주당에서 지난 대선과 지방선거에 가장 잘 뚜렷이 반영 시켜냈다.

나는 정책공간에 회원이고 나의 고민이 반영되는 공간포럼이 자랑스럽고 고맙다.

염색하고 십 년 젊어지신 공간의 대표 김승석 선생님. 지금은 경사노위 문성현 위원장님과 함께 하지만 정책공간의 운영을 책임졌던 간사 고영호. 아나운서에 사회연대포럼 대변인이자 실세인 팔방미인 나경아. 유쾌하고 사통팔달 함께하면 에너지 넘치는 공영민 교수. 환경전문가 울산광역시 에너지 특보 거침없이 멋진 김형근. 말수는 적지만 조곤조곤 할 말다 하시는 의료전문가 조용선 쌤. 언젠가 명절날 TV 지역인사 노래자랑에서 영예의 대상을 차지하신 깨달음의 김용주 변호사님. 청년 활동가,

사회적 기업 차세대의 리더 이철호 이사. 교수 출신 민주당의 시당 위원장으로 성실히 지방선거를 승리로 이끈 성인수 쌤. 예의 바르고 친절한 곽진원 선생. 문화 전도사 전수일 선배. 공연기획홍보 전문가 하주 선생. 노무현과함께, 문재인 지기 황명필. 역사를 알려주는 교수 김경미 쌤 등이 울산의 미래를 설계하고 있다.

　수많은 역사와 다양성이 공존하는 울산.

　노동의 메카, 산업의 수도 울산.

　천혜의 자원인 영남 알프스와 동해바다 몽돌해수욕장이 있어 관광특구로 진화할 울산.

　제2의 혁신도시로 새롭게 성장할 울산.

　공공기관의 확장으로 구도심과 혁신도시를 이어서 사람과 문화 중심의 일자리를 확장시킬 수 있는 울산의 미래에 정책공간과 더민주가 함께 있을 것이라 확신한다.

의장님

 사람에게 어울리는 옷과 역할은 따로 있는가 보다.

 황세영 의장은 97년도 현대자동차 노동조합 위원장 선거에 나와 경쟁 상대로 출마하셨다가 낙선했고 당시 내가 위원장에 당선되었다. 황 의장은 노조 선거에는 참 당선 운이 없었다.

 그러던 황 의장은 2006년 울산의 정치 1번지인 북구도 아닌 중구에서 기초의원에 당선이 되었다. 누구보다도 친화력이 뛰어나고 친절하고 예의 바른 그는 지역에서 어르신들과 청장년층 모두에게 사랑을 받고 신뢰를 얻고 있다.

 멀리서 그가 나타나면 그의 실루엣만 보고도 그를 안다. 그의 동작에 성실함이 그리고 예의 바름과 부지런함이 보이기 때문이다. 청년 황세영, 나이 불문 성별 불문 그는 누구에게도 똑같은 균형 있고 공정한 태도로 맞이하고 그로 인해 서로 다른 정당에서도 흠잡을 것이 없다는 평을 받았다.

두 번의 기초의원을 하면서 보여준 성실함이 지금의 울산광역시 의회 의장의 역할이 맡게 된 게 아닐까 싶다. 초선이 대부분인 시의회의 좋은 안내자이고, 선배로서의 역할을 하리라 믿어 의심치 않는다.

세심한 말과 표정에 소신과 철학을 담아 현대자동차 노동자 정치인을 뛰어넘어 지역의 일꾼으로 역할을 확장한 그의 노력이
그의 의지처럼 민주당 노동의 들보로서의 역할을 해내기를 바란다.

노동자 정치, 류인목 서영택 박병석 그리고 손근호

진보정당의 역사에 얼마나 많은 노동자의 피와 땀. 노력이 있었겠는가. 내가 기억하는 많은 사람 중에도 이 네 사람은 나에게 특별하다.

말없이 열심히 진보의 길을 걸었던 류인목은 재선 기초의원이었고 북구의 지역위원장이었다. 그는 무수한 요구와 다양한 민원을 정말 묵묵히 최선을 다해 처리했다. 술을 한잔도 못 하지만 술자리를 끝까지 책임지는 선배였다. 자동차 판매 노동자였는데 그렇게 말 없는 사람이 어떻게 차를 파는지...

나는 그가 다시 진보정치에 나서길 기대한다. 98년 울산판매 지부장 시절 만들었던 인연이 지금까지 이어지고 있다.

영택이 형은 중공업 노동자 기초의원이었다. 몸집도 크지만, 목소리도 크다. 95년 함께 구속돼있던 시절, 재판 나가는 길에 교도관들과 싸움이 일어났다. 그때 그는 그 큰 몸집으로 맨 앞에서 교도관들을 틀어막고 동지들을 지켜냈다. 아직도 산처럼 버텨주던 그의 기억이 생생하다. 늘 긍정적인 형은 시원시원하게 일을 처리해서 따르는 후배들이 많다. 가끔 집회장에서 형사로 오해받는 형은 지금 은퇴해서도 후배들을 챙긴다. "광식이 위원장 잘 있나?~" 쩌렁쩌렁한 목소리가 지금도 들리는 듯하다.

병석은 기초의원이었다가 절치부심 끝에 지금은 시의원이 되었다. 똑소리 나는 시의원, 야무진 시의원이 이 친구를 표현할 수 있는 단어이다. 현역으로 두각을 나타내는 박병석은 판소리, 육자배기를 잘해서 흥에 겨우면 길게 한 곡 뽑아낸다.
나는 그가 좋은 정치로, 흥을 돋워 육자배기 뽑듯 오래, 길~게 뽑아내기를 바란다.

근호는 현재 초선 시의원이다. 병석과 호흡을 맞춰서 씩씩하게 의정 활동을 해나간다. 차세대의 진보정치인으로 인정받길 진정 바란다.

정치가 꽃길은 아니지 않겠는가. 꽃길은 시민이 걷고, 그렇다고 가시밭길을 걷는 정치인이 되라는 건 아니다. 꽃을 뿌려서 길을 만들어주는 안내자가 되고 시민의 길잡이가 되어 달라는 부탁이다.
충분히 그 역할을 해내리라.

돌쇠의장 신성봉

내가 만난 처음에도 신성봉은 돌쇠였고, 지금의 이미지도 그의 모습은 돌쇠이다. 신성봉 의장과는 오래전 햇살 조기축구회에서 일요일 아침이면 만나서 공차고 막걸리도 한잔하며 지냈다.

신성봉 의장은 딸아이가 다녔던 어린이집 원장이었다. 동네 운동권 아이들은 그 어린이집에 거의 다 다녔었다. 집회가 있거나 대토론회가 있어서 아내들도 참석하는 날엔 이 어린이집에 아이들이 총집결하게 된다. 아이들도 집회 모드로(?)

신성봉 의장에게 밥 한번 안 얻어먹거나 그와 술 한잔 안 한 운동권은 없을 것이다. 그는 늘 넉넉하게 후배를 챙기고 함께했다.

나는 그에게 빚 아닌 빚이 있다.

98년 지방선거에 시의원 출마를 선언했을 때 노동자 출신 이상범 의원과의 조정에서 나는 특별하게 그의 편을 들어주지 않았었다.

무엇보다 공정하고 균형 있는 진행이 되어야 하기에 두 분 간의 결정을 존중하겠다는 원칙이 나에게 있었기 때문이다. 결국 이상범 전 위원장이

시의원 후보로, 신성봉 의장이 기초의원으로 출마했다.

 지금 3선 의원으로 중구의회 의장으로 자신의 정치력을 마음껏 펼치는 신성봉 의장. 돌쇠의 돌파력으로 늘 꿈꾸는 서민을 위한 민생정치를 같이 함께해 나가자는 파트너십의 마음을 전한다.

세 개의 폭탄

누가 먼저랄 것도 없이 얼굴에 열기 뿜뿜 발산하던 세 분이 계신다.

내가 진보정당운동을 할 때 함께 일했던 영기, 성규, 미정

지금 생각해보면 세 개의 폭탄을 어떻게 감당하며 살았는지..

영기는 말이 없는 친구다. 그러나 수틀리면 성격 나온다. 그 성격 덕분에 자유로운 영혼으로 살고 있다. 지금은 한 직장에서 정년을 맞는 것도, 하나의 직업으로 살아가는 것도 어려운 시절이다. 영기는 다양한 자기 확장을 끊임없이 시도한다.

프로그래머이고, 스페인어도 구사할 줄 알고, 요즘은 노무사 공부도 하고 있다. 도서관-집-헬스장, 철의 삼각지대를 사수하고 있는 영기는 자기관리 잘하고, 진중한 친구다.

나는 그와 함께 살고 있는 수미를 먼저 만났다. 수미는 언더에서 노동자들을 공부시키고, 지원하던 학출 활동가였다. 금속연맹 교육국장을 하던 수미는 품&페다고지라는 공간을 열어 청소년, 인문학, 철학, 문화를 담는 일을 하고 있다. 늘 검소하고, 소박하고, 열정적인 수미는 밀양송전탑 투쟁, 비정규직투쟁, 탈핵 투쟁의 대열 맨 앞에 서 있다.

현장의 사안과 의제를 갖고 그들의 집에서 학습하고 토론했던 시절이 있었다. 그 시절 나를 조력하고, 지원하고, 응원했던 이 친구들에게 그 때의 형처럼 잘 헤쳐나가겠다는 얘기를 하고 싶다.

늘 싱글벙글인 성규가 눈이 뒤집히면 정말 뵈는 게 없다. 100kg의 거구가 씩씩 거리며 울그락 불그락 날 뛸 때는 조용히 뒤돌아 나와야 한다. 덩치에 걸맞지 않게 세심하고, 꼼꼼한 성규는 아는 것도 많아서 '안다이로 무엇이든 물어보세요'다.

이주민센터를 처음 만들려 했던 2003년도부터 무슨 일이 있으면 나타나 자원봉사를 했고, 이주노동자 월드컵 때 함께 어울려 공도 열심히 찼는데, 중국 사람인줄 오해를 받기도 했다.

서울까지 천리를 행군할 땐, 지도를 들고(그때는 네비게이션이 없었음) 안내를 하고 티벳의 순례자를 돕는 이가 하듯 밥을 하고, 잠자리를 섭외하고, 때론 같이 걸었다.

그런 그가 요즘은 버스 운전을 한다. 싱글벙글 성규는 손님들에게도 친절한 기사일거다. 이랜드 투쟁 당시 지원 갔다가 만난 진영과 결혼했다. 슈렉과 피오나 알콩 달콩 행복하게 잘 살지?!

마지막으로 양은냄비 미정. 바르르 끓어오를 땐 흘러넘치도록 둬야한다. 뚜껑이 날아가 큰 소리를 내도 일단 냅둬야 한다. 꼬장꼬장한 미정과 사건 사고도 많았다. 어우~ 양은냄비!

미정은 요즘 청소년을 만나는 심리상담사 일을 한다. 예전에 미정이는 없다. 위기의 아이들을 만나, 조곤조곤 얘기하고, 들어주고, 같이 떡볶이에 순대 먹으러 다니는 미정이. 아이들이 SOS를 치면 언제고 먼저 달려간다. 양은냄비에 숨겨진 미정이의 섬세하고, 따뜻한 진가를 톡톡히 보여주고 있다.

얼마 전 바보주막에 가다가 누가 '오라버니~'하고 부르는데 신미정이라 얼마나 반갑던지, 오래 봐도 좋고 가끔 봐도 좋은 동생들.

잘 살자 꾸나!

수원이형

형과 나는 같은 79 학번이다.

난 고등학교79 형은 대학교79 ㅋㅋ

형하고는 이웃집에 살았다.

형도 아프신 아버지가 계셨고 나 또한 몸이 불편한 아버지(장인어른)가 계셔서 울산근교에 땅을 사 촌집 짓고 주변에 같이 살았다.

나는 형이 친형 같아서 실없는 농담을 자주 하곤 했다. 같은 오십대는 말 트고 지내자 학번이 같으니 말 놓지요 형~ ㅋㅋ

재인이. 상용이형. 백남걸. 반일효. 이렇게 모여 살며 격 없이 때로는 치열한 논쟁을 하며 살았다.

형은 울산에서 학생출신으로 현대그룹총노동조합연합에 사무총장으로 노동운동의 산증인으로 활동 했었고 이후 울산에 참여연대를 만들고 여론조사 기관을 운영하기도 했다.

참여정부 시절에 고용노동비서관으로 정권 말기에 중앙노동위원회 상임위원으로 있다 낙향해서 한동안 시골 백수로 지냈다.

솜씨가 좋아서 서각을 잘했고 지금은 전통가구장을 만드는 실력을 발휘하기도 한다.

참여정부초기 노동·시민운동가였던 수원이형이 청와대 들어가는 것은 많은 고민과 과정이 필요 했었다.

형은 기억할지 모르겠지만 2002년도 올림피아 호텔에서 당시 노무현 해양수산부장관이 내부경선 때문에 나를 보자 했을 때 같이 가자고 했다. 우여곡절 끝에 형은 청와대에 가게 됐고 가끔 주말에 내려올 때마다 당시 비서실장이던 문재인 대통령에 인품과 그 믿음을 자랑하곤 했다.

지금 형은 경남 지방노동위원회 위원장이다.

나는 형이 지난세월 노동을 그 누구보다 잘 아는 선배로 공정하고 균형 있게 모범적으로 위원회를 운영 하리라 믿어 의심치 않는다.

백수 시절 오뉴월 뙤약볕에 모자를 푹 눌러쓰고 밭을 하루 종일 묵묵히 갈고 있었던 형을 기억한다. 묵묵히 가는 길 끊임없이 도전하는 행동파 수원이형.

그 길에 함께 하리니

형! 건강하소!

글고 이제 나이 들었으니 공 좀 살살 차소~

나의 이웃집, 두 명의 앨리스

"living next door to alice"

나의 이웃집 두 명의 앨리스는

도상열과 이승근이다

아침에 눈을 뜨면 집 앞에서 가장 먼저 보는 도앨리스는 초등학교 선생님이다.

일명 도샘.

도샘은 생각이 깊다. 그리고 털털하고 정이 많다.

막걸리를 좋아하는 도샘은 가끔 내게 술을 권한다. "형님 한잔 할까요?"

서로 바빠 자주 마시지는 못하지만, 가끔씩 만나 한잔하는 기쁨이 쏠쏠하다.

난 그에게 배우는 게 많다.

깊은 생각에 지혜로움. 내가 아는 전교조 지부장 출신들은 다 그런가보다 신윤철. 조용식 선생님이 그랬고 도선생이 그렇다.

깊이 사유하고 그로부터 말하고 실천으로 옮기구..

도선생이 나에게 얘기 할 때마다

나는 느끼고 알아듣는 울림이 크다 지난 대선 때 모두가 우려할 때 문재인 지지를 이해해준 사람 중 하나.

근로복지공단에 왔을 때 진심으로 응원해주고 축하해준 후배인 도샘.

나도 그를 응원하고 축복한다.

우리 즐겁게 일 하자구~

두 명의 앨리스 중 또 한 사람.

공정여행가 승근이.

승근이는 치밀하고 섬세한 후배다. 지금은 나인도어스 공정여행사 대표 이지만 어렸을 때 학생운동에서 노동운동으로 삼십년 넘게 자신의 삶을 불태웠다.

지금은 여행을 업으로 하고 있다.

그 나라의 문화와 역사와 종교와 언어를 존중하며 서로의 이익이 공유되는 여행사, 나눔과 돌봄과 존중이 컨텐츠가 되는 진정한 여행자가 되는 여행사를 그가 운영하고 있다.

나는 오년 전 승근, 윤정과 우리부부가 태국과 라오스를 한 달 간 배낭여행한 시간을 잊을 수 가 없다.

하나하나 세심히 챙겨서 착오나 불편함 없이 진행된 한 달간, 우린 치앙

마이와 라오스를 오토바이를 타고 질주하기도 했다.

내가 대상포진만 안 걸렸어도 더 많은 맥주와 거침없는 질주를 이어 갔을 텐데..

옆구리 대상포진으로 일주일간 안티바이러스 약을 먹고, 맥주 마시는 입만 바라보았다.

마침 그때 한국에 있는 조문건(약사인 후배)에게 물어보고 약을 먹었으니 망정이지, 가만 놔뒀다가 2차 감염이나 후유증으로 큰 낭패를 볼 뻔 했다.

여행은 돌발 변수가 많다.

그러나 그때그때마다 해결해 나가는 그 또한 여행의 일부가 아니겠는가?

이 책에 나오는 모든 선·후배들이 나의 일부이며 전부이다.

나의 삶과 떼어내거나 구분해서는 결코 이어질 수 없는 내 삶의 역사들.

사춘기 때 들은 스모키의 living next door to alice의 예쁜 앨리스가 오십을 넘어 중년의 이웃집 alicen으로 나타났다

"두 분의 앨리슨들 이번 주말 막걸리 한잔 오케이?!"

영호와 함께

25전 즈음 영호가 울산에 내려왔다.

학생운동권 출신으로 노동운동에 투신 하겠다고..

그때만 해도 쌀쌀맞고 성질 안 좋던 나는 영호를 쌀쌀맞게 대했던 것 같다.

현장 노동자들을 돕겠다던 소위 학출들이 힘들고 어려우면 소리 없이 떠나가는 것이 못마땅하기도 했지만 그보다는 내가 덜 영글고 되먹지 못한 사람이라 그랬던 것 같다.

늘 그 생각을 하면 영호에게 미안하기만 하다.

어쨌든 그 이후로 영호는 늘 나와 함께 했었다.

영호는 어려운 시기에 민주당 울산의 당직을 맡아 헌신 했었고 노무현 재단의 사무처장으로 재단이 지금에 이르기까지 누구보다 열심히 일하고 지역 활동을 성실하게 해나갔다.

지난 대선 때는 서울에서 더문캠 노동선대위의 일자리팀장으로 집행위원장인 나를 돕고 대선 승리에 어려운 역할을 성실히 수행해냈다. 그러던 그는 지금 경사노위의 자문위원으로 문성현형님과 함께 일하고 있다.

영호는 서양식 사고를 가졌다.

냉철하고 명확한 판단으로 일을 처리 해나간다. 감정에 치우치기 보다는 합리성과 공정한 균형감으로 일을 한다.

영호를 아는 사람들은 그가 얼마나 실무에 밝은지 과학적이고 합리적인지를 잘 안다. 그리고 그의 섬세함과 다정한 매력에 빠져서 다들 가까이 하기를 주저하지 않는다. 내가 아는 최고의 정책 참모를 꼽는다면 당근 영호를 꼽는다.

내가 늘 함께 일 하고 싶은 후배 1순위,

누구에게 추천해도 자랑스럽게 권할 수 있는 1순위,

무슨 일을 맡겨도 잘하고 믿을 수 있는 후배 중 1순위. 그게 영호다.

나와 함께 공직에 나선 영호가 좀 더 국가와 사회를 위해서 큰 걸음으로 나서길 기대하고 응원한다.

영호야 파이팅!

영도와 명숙

이영도는 사회적 기업 '나비문고' 대표다.

명숙은 나비문고 공동사장.

삼십년을 한결같은 사람

민주적 참여경영을 실현 해나가고 있는 두 사람은 참 신기하다.

이영도는 지금은 없어진 종합목재 위원장출신이고

명숙은 학생운동 위장취업으로 종합목재에 들어와 해고되고 투쟁 하면서 둘은 부부가 됐고 삼십년이 지난 후에도 또 그렇게 같이 함께 길을 걷고 있다.

우린 이영도를 영도옹이라고 한다.

탤런트, 기린 이광수를 연상하게 하는 큰 키와 순한 모습, 비정규직 문제로 미포조선의 굴뚝에 올랐을 때 지역의 모든 동지들을 모으게 한 저력의 이영도

나는 지금도 이영도의 눈물을 잊을 수 가 없다.

모 대기업 하청으로 취업해서 노동자들의 권익을 위해 싸워 나갈 때 사측의 압력과 회사에 압박에 이영도를 외면하고 함께 위해를 가했던 주변 동료들의 질시와 멸시에 서러움과 외로움에 눈물 흘리던 이영도.

뼈저리게 대자본의 횡포를 겪었던 이영도의 아픔을 지금도 기억하고 가슴 아파한다.

착한 이영도

후배들과 더 친한 이영도는 이제 노동운동에서 사회적기업의 경영인으로 탈바꿈했다.

중학교 졸업 후 산전수전 거치며 살아온 그가 방송통신 고등학교를 졸업하고 어렵사리 방통대 법과를 다닌단다.

꼭 졸업하시길..

공돌이에서 진정한 경영인으로 지금껏 살아온 것과 같이, 존경과 사랑을 받으시길..

명숙과 평생 동지로 잘 훌륭하게 살아가시길..

두 손 모아 합장.

4부. 사회연대포럼

노동운동, 그리고 노동자 정치운동이 뭔가 정체의 늪에 빠져 앞으로 나아가지 못한다고
느꼈을 때 나는 포기하지 말고 새로운 시도를 해봐야 한다고 생각했다.
지금까지의 길이 반대하고 제기하는데 익숙한 길이었다면
앞으로는 작지만 실질적인 대안을 설계하고 구체적인 해법을 만들어내고 싶었다.
나는 후배들에게 독재정권과 자본의 횡포에 맞서 열심히 싸웠던 사람으로 남기보다
어떤 제도와 시스템을 여럿이 함께 만든 선배로 기억되기를 바랐다.
과거에 그랬듯이, 두려워하지 말아야 한다.
고향을 떠날 수 있는 용기, 비판받을 용기를 함께 내준 사람들,
그들이 있기에 나는 두렵지 않다.

왜 그럴까? 정말 왜 그럴까?

운동을 하면서 항상 '이 사회의 구조가, 현상이 왜 그럴까?'라는 원인과 이유에서 시작해야 된다고 배웠다.

가난하고 무시당하거나 배척당하고 살아왔기에 의심하고 저항하고 싸워 나가는 게 삶의 일부가 되었다. 이제는 DNA 유전자가 굳어져서 끊임없이 저항하고 싸워 나간다. 특히 일방적인 희생과 양보를 강조하는 것은 넌덜머리가 난다.

어찌 나만 그러겠는가? 노동자의 삶이 그렇다.

불과 이년 전만 해도 구속, 해고, 손해배상 소송이 일상이었던 노동자들에게 노동존중 정부가 들어서고 최저임금이 일정 올랐다고 경제 위기감을 급격하게 조성하는 집단들이 있다. 물론 지불 능력을 심각하게 고려하지 못한 측면이 없지 않아 있다고 본다. 그러나 공돌이 연탄불 세대에서 87년 임금인상하면 세상 망할 것처럼 하던 시대를 보낸 나로서는 이들의 경제 위기설을 격하게 공감하기는 힘들다.

여기서 내가 하고 싶은 말은 누구의 주장이 옳으냐가 아니고 노·사·정

각각 모두가 소통이 중요하다고 하면서도 소통에 대한 노력은 깊이 하지 않아서 안타깝다는 말이다.

정부는 민원의 창구를 뛰어넘어서 이해하고 위로하는 것으로부터 출발해야 한다. 정책도 좋고 기획도 다 좋은데 노동자 마음을 다독거리지 못하면 어떻게 노·정관계가 이루어지겠는가?

노동은 누구를 만나던 적극적으로 나서길 애써 바래본다.

누굴 못 만나겠나? 못 할 얘기가 뭐가 있겠나? 우리의 얘기를 모두 다, 어떤 자리에서라도 해야 정부와 사용자단체가 알 수 있지 않겠는가! 그렇게 얘기했는데 나 몰라라 하는 건 상대도 마찬가지이다.

사용자단체 혹 사측은 노동조합을 괴물로 싸가지 없는 단체로 생각하지 말아야 한다. 노동조합은 그들은 수십 년 동안 억울하게 당해왔다. 그러니 지금이라도 억울한 게 무엇인지 잘 들어 보라. 그것이 전제되지 않는 한 노·사 관계가 잘 풀려가긴 힘들다.

요즘 시대의 화두는 소통이다.

사람들은 흔히들 자신은 상대방의 이야기에 귀 기울여 잘 들어주니 소통을 잘하고 있다고 생각한다. 그러나 내가 생각하는 소통의 출발은 '자신의 이야기를 얼마나 간단명료하게 잘 전달할 수 있는가'에 있으며, 이것이 곧 소통의 핵심이라고 본다.

또한 소통은 어느 하루아침에 이루어지지 않는다. 그 사람의 평상시 행동과 삶의 철학이 바탕이 되어야 소통이 잘 이루어진다.

잘 행동하고, 잘 말하고, 잘 듣고, 그래야 소통이 된다.

우리가 원지 않아도 시대의 변화가 급격하게 진행되고 있고, 진행될 것이다. 나는 훗날 후배들에게 "선배는 열심히 짱돌 던지고 화염병, 쇠파이프를 잘 들고 싸웠어"라며 무용담을 말하는 것보다 "난 이런 제도와 시스템을 여럿이 함께 만들었어. 그리고 나의 한계를 네가 뛰어넘어 줘"라고 전하는 선배 노동자로 기억됐으면 좋겠다. 이것이 희망으로 끝나지 않도록 미움 받아도 한 걸음 한걸음 나갈 것이다.

월정사의 눈빨

2011년 사월 어느 날 몸과 마음의 정화를 위해 월정사로 한 달간 단기 출가를 하였다.

각천(覺天)이라는 법명을 받고 삭발을 하고 행자승 복장으로 한 달간 살았다.

묵언 수행이 원칙인 수행공간에 다양한 사람들이 있으니 묵언이 유지되기가 만만하지 않았다.

한 달이라는 한정된 기간이지만 바깥의 인연을 모두 닫고 술과 담배의 집요한 유혹을 견디기란 쉽지 않았다.

기대를 혹은 또 다른 휴식을 꿈꾸고 들어왔던 분들이 도중에 포기하고 나가기도 했다.

월정사 전나무길, 상원사에서 적멸보궁까지 삼보일배를 진심을 담아 꾀

부리지 않고들 했다. 어떤 이는 이마가 찢어져 피가 흐르고 또 어떤 이는 무릎이 깨졌다. 상원사에 삼보일배 길에 눈발이 날렸다. 추운 겨울이지만 땀 흘리며 올라가는 수행의 길에 빡빡머리 민머리에 눈꽃이 내려앉았다.

짜릿한 그 느낌 머리에서 등줄기를 타고 꼬리뼈까지 알싸하다.

나무 관세음보살~

마지막 날 모두 모여 밤부터 새벽까지 삼 천배를 하고 마친다.

나만 낮에 대웅전에 가서 홀로 삼 천배를 했다. 일곱 시간 동안 밥도 안 먹고 계속 관세음보살을 찾으며 허리를 숙였다. 왜 혼자 했을까?

이유는 혹여 다음에 책을 쓰면 밝히겠다.

옴마니반메흠….

문햄 (문성현 형님)

우리는 문성현 경사노위 위원장을 문햄이라고 부른다. 경상도말로 '형님'을 친근하게 표현 할 때 '햄요~' 라고 하는데 여기서 '햄'을 따와 문햄이라고 부르는 것이다.

그 문햄이

술 한 잔 거나하게 드신 어느 날,

"광식아, 넌 참 건방져. 대기업 노조위원장 출신이라 할 말 다 하고 숨기는 게 없어.."

"형님 아닌데요…."라고 말하고 싶지 않았다.

난 형님한테는 바른말 잘해야지 노동문제를 더 깊게 더 뜨겁게 바라보실 것이라 생각했고, 건방지다면서도 동생의 이야기에 귀 기울여 주시는 형님이 나는 편했다.

먼 거리가 아닌 가까운 곳에서 직접 대면하고 함께 얘기한 때는 91년 수배를 받던 시절이었다. 물론 형님도 수배 중이었고. 고생하는 후배를 위로하고 방향을 함께 고민하기 위해 먼 길 달려와 준 그와 부산역에서 잠깐 만나서 얘기를 나눈 후 나는 그의 곁을 벗어나지 못한다.

98년 내가 현대자동차 위원장이었을 때 형님은 금속연맹 수석부위원장으로 현장에 내려오셔서 함께 구조조정에 맞서 싸워 주셨다.

2006년 내가 민주노동당 시당위원장일 때 형님은 민주노동당 당 대표였다. 비정규직 차별 철폐를 외치며 국도를 따라 서울까지 천 리를 걸어간 나와 행진단을 가장 먼저 반겨주신 분도 형님이셨다.

그로부터 십 년 후.

촛불이 타오르고 박근혜 퇴진을 외치며 온 국민이 일어섰을 때 그는 나를 찾아왔다. 그가 정권교체를 향해 함께 가자고 손을 내밀었을 때 나는 그 손을 잡았다.

회사 출근을 멈추고 서울로 올라갔다.

형님은 더문캠(문재인 대통령선거 캠프)에 노동선대위 위원장을 맡았고 나는 집행위원장을 맡아서 함께 숙식하며 서울과 전국을 누볐다. 마침내 승리했고 형님은 경제사회노동위원회 위원장을 맡았다.

처음이다.

그렇게 현장을 뛰어다니는 노사정 위원장은.

풀지 못했던 숙제, 절망적인 상황의 아무도 가려하지 않았던 금호타이어, STX조선, 쌍용자동차 등 가지 말라는 장기 미해결 사업장 혹은 길거리로 내몰릴 처지의 현장 노동자의 아픔을 대신해서 나서고 또 나선다.

눈물 많은 사람이 거리마다 협상장마다 눈물을 흘린다.

그는 욕을 두려워하지 않는다.

미움 받을 용기를 내서 달리고 또 달린다.

칠십 노인의 근육이 어찌 그리 단단할까? 폐암도 그의 저항 앞에서는 비켜서 버렸다.

형님 바짝 하시고 팔십 넘으시면 전국 노래자랑 따라다닙시다.

※신념과 의지 앞에서는 나이도 병도 비켜선다.

순환이 형

2017년 촛불 혁명으로 시민의 정권이 들어섰다.

부족하고 아쉬운 부분이 많다 하더라도 분명 시민의 힘으로 바뀐 정권이다. 나와 큰형님 문성현 지금의 경사노위 위원장님과 순환이 형은 같은 숙소에서 자고 먹고 뛰어다니며 대선 승리를 조직하고 다녔다.

형은 이름처럼 순하다. 대우조선 위원장으로 금속연맹 위원장으로 누구보다 치열하게 살았던 순환이 형. 연설해도 선동이 아니라 감동을 전하는 우리 형. 깔끔이라 청소도 빨래도 잘하고 정리정돈도 잘한다.

순환이 형은 올해 정년퇴직을 한다. 민주노조 만들다 납치 · 감금되고 구속되는 갖은 시련에도 형은 심성이 곱다.

나처럼 독한 구석이나 야멸참이 없다. 형은 누구에게나 환한 미소로 진정성 있게 다가간다. 형의 공돌이로서의 훌륭하고 감사한 마무리를 희망한다. 또한 무한히 열려있는 새로운 출발이 노동자와 서민을 위한 역할로 계속되길 바란다.

형은 내가 복 받은 걸 알게 해 준 사람이다. 형과 함께 일하면 나는 일하는 중에도 편안함을 느낀다.

그게 복중에도 큰 복 아니겠는가?^^

목희 선배

다른 분들은 무섭고 어렵다는 선배님이다.

그러나 나에게는 늘 푸근하고 자상하신

선배님이다.

목희 선배는 달변가면서 그 표현이 시원시원하다.

80년대 노동운동을 하면서 이목희 선배를 모르는 사람은 없다. 투쟁의
현장 교육의 공간에서는 목희 선배가 늘 함께했다. 그는 목소리를 쩌렁
쩌렁하게 울리며 교육을 했다. 깡마른 체격에 어떻게 저런 강단과 울림
이 있을까?

젊은 시절엔 선배의 열정이 늘 부럽고 존경스러웠다.

지금도 심장에 스탠스를 박고 뜨겁게 일하신다.

삥긋 웃는 모습 시니컬한 모습이 익숙하다.

목희 선배를 무서워하지 말고 그의 삶을 들여다 보라, 말하고 싶다.

98년도 그 뜨거웠던 여름 후배의 투쟁이 안타까워 한걸음에 달려와서
응원해주고 지지해준 선배에게 아직 그 고마움의 빚을 갚지 못하고 있다.

뒤늦게나마 선배님께 감사의 인사를 드린다.

은둔존자 대봉선배

산꼭대기 한편에 집을 짓고 사는 선배는 마치 은둔존자 같다.

황 선배는 한국노총 카프로 사업장의 위원장이었다. 나와는 오래전부터 민주노총, 한국노총을 떠나 지역의 노동현안과 정치문제를 함께 의논하고 연대에 앞장섰던 분이다. 사회연대노동포럼을 울산에서 만들 때 한국노총과 함께하는 큰 그림을 그리게 한 것도 황선배의 역할이 있었기에 가능했다.

선배는 후배들에게 말을 놓지 않는다. 그만큼 후배들을 존중하고 파트너로 인정한다는 것이다. 선배를 통해 조경호 위원장도 알게 되었고, 한국노총 노조활동가들과의 인연의 깊이를 더해가고 있다.

울산의 바보주막에 가면 선배를 볼 수가 있다. 퇴직을 하고도 선배는 사람들과의 인연을 소중히 여겨 각종 역할을 마다하지 않는다. 각종 모임을 주막에서 많이 하다 보니 주막에 늘 있는 것 같다.

바보주막에서 바보 노무현과 함께 하다 보니 바보를 따라서 후배바보가 되어가는 선배가 늘 우리 곁에서 한국노총의 선배가 아닌 우리 모두의 선배로 남아주길 기대한다.

백발 미남 권진회

민주노동당, 진보신당, 노동당, 민주당 그리고…
정치적 행보에 있어서 늘 나와 함께 걸어왔던 백발 미남 권진회.

구속과 수배가 계속되면서 만들어졌던 민주노총의 대의원대회에서 내게 문재인 후보 선거운동을 한다고 대자보를 붙이고 욕을 하고 모멸감을 줬어도, 결국 정권교체의 한마음으로 함께 달려온 이다.

지방선거에서 그는 황대봉, 송두익, 이상수, 주용관 그리고 사회연대포럼의 의장단과 자문위원들의 손을 잡고 이십 년 만에 민주진보진영 후보의 승리로 만들어 냈다. 하이얀 머리 휘날리며 말이다.

울산의 진보정당 역사에는 현역의원들만이 주역이 아니다. 앞에서 총괄하고 곁에서 지원했던 수많은 조력자가 있었음을 잊지 말아야 할 것이다.

권진회의 백발은 그 고통과 노력 피와 땀의 결과물이다.

황소 이경훈

외양을 보고 이분을 황소라 부른다.

7전 8기? 황소 이경훈은 수도 없이 노조 위원장 출마에 좌절했다. 하지만 마침내 당선되었고 꼬리표인 오른쪽 노동운동을 극복하기 위해 부단히 노력했다.

본인이 수석으로 있었던 시기에 노조의 민주화를 주장하며 항거 분신했던 양봉수 열사에 대한 사과의 마음을 표하고, 열사 추모사업회에 가장 많은 지원과 조력을 아끼지 않았던 지부장 중 한 사람이기도 하다.

나와는 반대의 입장에서 노조 활동을 했지만, 지부장이 되고 나서 이주 노동자, 비정규직 지원센터 사업을 누구 못지않게 지원해준 사람이기도 하다. 지난 대선 때 내가 찾아가 '정권교체에 함께 나서자'고 했을 때 선뜻 동의해주고 열렬히 함께 지원에 나서기도 했었다.

황소 이경훈은 자신을 극복하기 위해 부단히 노력한다. 비난과 질책을 뛰어넘어 입가에는 미소를 띠고 새로운 시대에 적극적으로 나서기를 다시 한 번 기대해 본다.

따뜻한 사람 윤해모

위원장으로서의 공·과는 나도 부족함이 큰 사람이기에 말하기는 어렵다.
그전에도 이분을 만날 때마다 참 순하고 선한 사람이라고 느꼈다.

언젠가 전직 지부장 간담회 때 내 곁에 살며시 다가와서는 울산이주민
센터 후원 서류를 갖다 달라고 했다.

얼마 뒤 몇 장을 드렸더니 복사해서 상당수의 후원 회원을 받아 주셨다.
그 뒤로도 만나면 따뜻하고 살갑고 진정성 있는 표현을 많이 한다. 눈도
순하게 생긴 이분은 자리 욕심을 내지 않는다.

대선 때 기자회견을 진행해도 한편에 조용히 지원하고 역할도 나서서
받으려 하지 않는다. 사회연대포럼을 통해서 사회적 연대와 수구세력들
과 싸우는데 앞장서는 역할을 끝으로 하고 싶다고 한다.

대선 승리에 노동세력의 역할 중 가장 헌신적 실천을 한 분들 중 한 사
람으로 난 이분을 꼽는다. 선거과정에서 워낙 성실했고, 열정적이어서 많
은 신뢰가 생겼다. 나는 지금도 지역의 문제나 사회적 이슈에 관해서 이
분과 의견을 나누고 자문을 얻는다. 윤지부장님, 날 좀 선선해지면 사회
연대포럼 동지들과 막걸리잔 기울입시다.

사회연대의 실천가 이정묵

 나와 같이 공단의 업무를 하는 홍성진 의료 복지 이사께서 언젠가 나에게 이런 말씀을 하셨다.

 술을 지금은 안 마시는데 그러다 보니 술 마실 때는 술친구가 있었고, 술을 안 마시니 안 마시는 친구들이 또 생겨서 친구가 두 배로 많아졌다고.

 노조 활동을 하면서 술 마시지 않고 조합원과의 고충과 민원을 상담하기는 참 어렵다. (핑계인가?) 그런데 이정묵 위원장은 술을 전혀 못 한다. 그러나 누구를 만나도 소탈·호방·당당하게 일 처리를 해나간다.

 그런 그가 작년부터 SK이노베이션에서 큰일을 만들어냈다. 임금은 물가인상분으로 제한하고, 조합원들께 개별동의를 받아서 임금의 1%씩을 모으고, 회사 측에서도 공동기금을 조성해 사회연대기금을 만들었다.

 장치산업이라는 조합 활동의 제한 속에서 끊임없이 투쟁을 조직하고, 노·사의 치열한 관계를 만들어갔던 위원장이 나서고 설득해서 새로운 연대와 관계를 만들어낸 것이다. 대단한 변화의 시도이다. 눈치를 보거나 주변의 따가운 비난이 두려웠으면 하기 힘들었던 시도였을 것이다.

그분의 새로운 도전에 박수를 보낸다. 아울러 이러한 노동조합의 사회

연대 노력이 전체 노동조합의 사회연대 노력으로 이어지길 희망한다.

울산사회연대포럼의 한축

 지난 촛불 정국 때 울산지역 노동 현장의 지지를 모아 정권교체를 만들어낸 울산사회연대포럼의 한 축이 김인규 위원장과 한국노총 개혁위원장 그룹이다.

 의리의 싸나이 김인규.
 사회연대포럼에 김인규가 없으면 앙꼬 빠진 찐빵이다. 울산이 고향인 그는 아는 사람도 많다. 한번 맺은 인연을 소중히 여기는 그는 정에 약하고 의리에 강하다는 갱상도 싸나이다.

어떤 일에서건 공을 자신이 취하기보다는 후배들과 주변에 돌리는
김인규 위원장 곁에는 늘 사람이 있다.

묘한 힘을 가진 이동훈

오랜 시간, 황대봉 선배와 함께 지역의 노동과 정치를 함께 해왔고 응원과 지지를 보내주는 그는 롯데정밀 전 위원장이다. 그는 절대 자신을 내세우지 않는다. 말없이 빙긋이 웃을 뿐 주장을 내세워 상대방을 곤혹스럽게 하지 않는다. 그러나 늘 결론은 이동훈 위원장의 제안에 동의하게 되는 묘한 힘을 갖고 있다.

젊은 패기 백기태

젊은 세대를 아우르는 품과 일에 대한 통찰력이 뛰어난 친구이다. 언제 든지 어떤 일이든지 흔쾌히 예스라고 말해주는 후배. 백기태 위원장은 한 국노총과의 공동의 작업, 교감이 필요할 때 언제나 적극적이었다. 지난 대선에도 울산광역시당의 노동부위원장으로 심규명 변호사(노동위원장) 와 함께 현장 기세를 끌어올린 장본인이기도 하다.

다방면에 열성적인 조경호

탈핵운동, 시민운동, 노무현재단 활동 등 지역사회의 다양한 현안에 관 심을 갖고 활동하는 조경호는 카프로 노조 위원장이다. 황대봉 위원장 시절 사무국장을 하며 쌓은 실무력과 추진력은 다양한 활동들 속에 빛 을 발한다.

노동행정을 펼치는 포럼 회원

　노동존중 사회를 표방한 문재인 정부에 발맞춰 울산시와 북구, 남구에서 노동특보를 채용하고, 직접 노동을 챙기겠다는 의지를 보였다. 사회연대포럼도 지방정부의 노동정책에 활로를 모색하기 위해서는 사람과 제도가 필요함에 공감한다. 어쩌다 공무원이 된 포럼 회원들 중 노동특보라는 소임을 맡고 불철주야 뛰는 두 사람을 응원하고 싶다.

남구 노동특보 진창섭

　진창섭은 상대방을 편안하게 해주는 후배이다. 노동조합 위원장으로 역할을 하다가 퇴사한 후 지역의 각종 사안을 챙겼다. 지금은 남구청 노동특보의 소임을 맡고 있다. 감각이 뛰어난 것도 있지만 밤잠 안자고 사람을 챙기고 사안의 핵심을 잘 간파해서 설득력 있게 상대방의 마음을 움직여낸다.

북구 노동특보 임종락

　임종락은 소박하고 솔직한 후배이다. 자신의 감정과 판단을 소탈하게 이야기하고, 필요한 일이면 관철시키기 위해 끈질기게 설득하고 유연하게 대응하는 힘이 있다. 임 특보는 공무원들과 책상을 나란히 두고 업무를 본다. 처음에는 어색하고 낯설었지만, 특유의 친화력으로 공무원들과의 관계도 잘 맺고, 늘공과 어공의 장점을 살려 일을 처리하는 것을 보면서 임특보의 진정성이 좋은 결실을 낳겠다는 생각이 든다.

사회연대포럼

2016년 촛불, 정권교체를 위한 하나의 목소리가 있었고, 각계각층의 다양한 경로와 요구가 있었다. 정권교체에 대한 열망은 노동존중을 표방하는 현실적인 결과로 이어지기를 바라며 조직된 사회연대포럼은 사회적 연대의 가치를 실현하기 위해서 모인 포럼단체이다.

나는 여기서 최재호 선배님, 임성규 형, 정용건 위원장을 만났다.

물론 성규 형이야 삼십 년간을 봐오면서 믿음과 신뢰를 가진 절친이다. 까칠하고 비판적이고, 위기에 책임을 다하는 형이다. 위기의 상황에서 민주노총의 위원장으로 최선을 다해 돌파한 분이다.

지난 대선 때 문재인 대통령 지지한다고 주변에서 문제 제기를 엄청나게 받았을 것이다. 그러나 소신 있는 형은 본인의 입장이 분명히 선 이상 물러서지 않는다.

이번에 성규 형은 관악노동복지센터장으로 갔다.

민주노총 위원장을 한 선배가 작은 기관에 센터장을 맡은 건 정말 보기 좋은 일이다. 잘 늙어가는 선배의 모습을 보여주는 것 같다.

최재호 선배님은 사회연대포럼의 상임대표셨다.

사무금융노련 초대위원장을 지낸 선배는 표현할 때마다, 말씀하실 때마다 지식과 지혜가 뚝뚝 흘러넘친다. 역시 서울대는 아무나 가는 곳이 아닌가 보다. 선배님의 역할이 빛났기에 포럼의 성장이 두드러졌다고 생각한다. 은빛 머리카락의 노신사가 아닌 청년 최재호로 늘 우리 곁에 함께 해주시리라.

포럼의 상임 운영위원장 정용건은 뛰어난 사람이다.

분명 이분에 대한 호불호는 갈리지만 그건 질투일 것이다. 참 바쁜 사람이다. 국민연금 관련뿐만 아니라 각종 노동 현안의 패널로도 그는 늘 바쁘다. 사회연대의 방향 설정이 그의 역할에 달려있다고 볼 수 있다.

어디서든 나타나는 조성훈 선배님은 현대중공업 노동조합을 만든 주역이었다. 현대자동차 정비로 넘어온 선배는 늘 운동의 현장에서 선배로서의 모범을 보이고 열정적으로 뛰어다니셨다. 그런 그 선배를 사회연대포럼에서 또 만났다. 은퇴한 선배는 지금도 사회연대포럼의 중심에 서서 지역을 넘나들면서 행사를 조직하고 지원하고 바쁘게 뛰어다니고 계신다. 선배님, 너무 힘들게 마시고 살살 뛰시라.

보폭에 맞춰서 포럼회원들이 달린다는 걸 잊지 마시라.

사회연대포럼 파이팅!

5부. 에필로그

김광식의 파란만장에 대하여
- 홍기표 -

작게 태어난 아이

김광식의 삶은 태어날 때부터 힘들었다.

그가 뱃속에 있을 때 어머니가 임신중독에 걸렸다. 60년대 초반만 해도 유아사망률이 높았다. 산모가 임신중독에 걸렸다고 하면 엄마도 아이도 모두 위험한 시절이었다.

천만 다행으로 김광식은 죽지 않고 세상 밖으로 나오긴 했지만 다른 아이들 보다 유독 작았다. 미숙아처럼 보였다.

집안 어른들은 갓난 아이가 혹시 죽기라도 할까 두려워 출생 신고를 서두르지 않았다. '살면 호적에 올리고 죽으면 죽나 보다' 생각했을 정도였다고 한다.

아버지가 직업군인이었던 터라 부대 이동에 따라 여기 저기 옮겨 다니는 바람에 신고할 시간도 없었다.

다행스럽게도 남들보다 작게 태어난 아이는 안 죽고 잘 컸다. 그렇게 광식은 처음부터 어렵게 김씨 집안 호적에 올라갔다.

초등학교 때 시작한 언론인 생활

광식의 고향은 충청남도 보령. 하지만 고향에 대한 기억은 별로 많지 않다. 어린 시절부터 이곳저곳 떠돌이 생활을 많이 했기 때문이다.

김광식은 남의 집 살이를 많이 했다. 초등학교 5학년 때는 부모님과 헤어져 외숙모님 집에 얹혀 살았다. 어린 나이였지만 외숙모님 댁 식구들이 불편해 하는 기색이 느껴졌다. 당연히 비슷한 또래의 사촌 형제들한테 눈치가 보였다.

김광식은 스스로 "내가 다른 사람들 눈치를 잘 보는 이유는 어릴 때 경험 때문이다. 내가 겪었던 어린 시절의 기억 때문에 남이 힘들어하는 걸 못 본다." 라고 말한다.

눈칫밥 먹던 시절이지만, 그래도 외숙모께서 담가 준 오이지 맛은 너무 좋았다. 김광식은 그래서 지금도 오이지 하나에 밥 한 그릇을 뚝딱 먹는다.

이 무렵 형이랑 둘이서 신문배달을 했다. 신문지 150부씩을 각자 옆구리에 끼고 걸어서 배달을 했다. 김광식은 이 시절을 두고 "내가 언론인

생활한 걸로 따지면 동아일보 기자를 했어도 했다."고 농담을 하곤 한다.

중2때는 서울을 떠나 다시 부산으로 갔다. 이번에는 고모 집에 얹혀 살았다. 여기서도 사촌들에게 별로 환영받지 못했다.

한 번은 벌에 크게 쏘여서 집에 왔다. 땅벌들이 사는 벌집을 쑤셔 놓은 다음 도망가지 않고 오래 버티는 놈이 이기는 놀이를 했는데 어린 광식은 개떡을 얻어먹을 욕심에 끝까지 버티다가 벌들에게 엄청나게 물렸다.

당시 약이 없어, 암모니아수를 사서 발랐는데, 그 때문에 더 큰 사고가 났다. 단칸방에 약통을 쏟는 바람에 동생들이 울고 불고 난리가 났다. 사촌들은 밤만 되면 광식에게 "나가라!"고 했다. '내가 갈 데가 어딨나?'하는 생각에 어린 광식은 무척이나 서러웠다.

그 때는 눈물이 쏙 빠질 정도로 슬픈 이야기지만, 지금 생각해 보면 모두가 가난하던 시절, 40년 전 추억이다.

세상에서 제일 맛있는 튀김

광식은 거의 평생 동안 일을 쉬어 본적이 없다. 삶에 대한 책임과 가족에 대한 부담 때문이었다. 유일하게 일을 안 하고 지냈던 시간이 군대에 있던 시절이다. 돈 벌어 와야 한다는 부담이 없어서 군 시절 오히려 홀가분함을 느꼈을 정도였다고 한다.

그러나 광식의 빈자리를 어머니가 채워야 했다. 그 때 광식의 어머니는 츄리닝 공장의 재단사 보조(시다)를 하면서 가족을 책임졌다. 어머니 나이가 아마도 50대 초반쯤 되었을 무렵이었을 것 같다.

한번은 광식이 휴가를 나와 어머니가 일하는 미싱 공장에 갔다.

군대 간 아들이 휴가 나왔다고 어머니가 공장 앞 포장마차에서 튀김을 사줬다.

광식은 태어나서 세상천지에 그렇게 맛있는 튀김은 처음 먹었다.

1933년 생 이신 어머니는 지금 아흔이 다 되셨다. 배고픈 시절이라 그랬겠지만. 어쨌든 별로 힘이 되지 못한 아들인 것 같아 광식은 늘 어머니한테 미안하다.

취직시켰더니 노조를 만들어?

온 나라가 민주화 투쟁으로 뜨거웠던 1987년. 김광식은 조그만 공장에 다니고 있었다. 사촌형님이 공장장으로 있던 작은 공장이었다. 사촌형님도 실향민이던 가정에서 자라, 초등학교 졸업 후에 공장장을 하면서 지내던 분이었다.

공장생활을 한지 1년 쯤 되었을 때였다. 노동자들 사이에 불만이 팽배했지만, 어디 하소연 할 데가 없다는 사실이 김광식의 눈에 들어왔다.

노동은 힘들었지만, 적절한 대우를 받지 못하고 있었다. 직원들은 법정 공휴일에도 쉬지 못했고, 특근수당이나 야근 수당도 제대로 받지 못했다. 사람들은 불만이 있었지만, 사측에 대놓고 말 한마디 제대로 못하는 분위기였다. 서로 눈치만 보고 있다는 생각이 들자 광식은 아무리 공장장이 사촌 형님이라지만, 직접 나서야겠다는 생각이 들었다.

그의 해답은 '노동조합'이었다. 노동조합을 만들어야겠다고 생각한 광식은 피켓과 머리띠 등 노조 결성식을 위한 준비를 다 마쳐 두었다. 그런데 거사 전날 누군가 사측에 고자질을 하는 바람에 회사 관리자들과 공장장이 먼저 알아채고 노조 결성을 무산 시켰다.

이 때 사촌 형이던 공장장은 광식에게 쌍욕을 했다.

"이 새끼야! 취직 시켜 놓았더니.. 니가 형을 도와줘도 시원찮은 마당에 노동조합을 만드냐!"

광식은 이 때 사촌형님에게 뺨을 맞기도 했다. 결국 광식의 인생에서 첫 번째 노동조합 결성 시도는 실패하고 말았다. 그 일로 김광식은 사촌 형님의 회사에서 해고 되었다.

실업자가 된 광식은 울산으로 넘어와 현대 자동차에 입사시험을 보았다. 하지만, 한참 동안 시간이 흘러도 합격했다는 소식은 들려오지 않았다.

자동차에서 학습을 시작하다

'노조 만들다가 잘린 전력이 현대자동차 사측에 넘어간 게 아닐까?' 하는 괜한 걱정이 조금씩 마음속에서 피어날 무렵 현대자동차에서 '출근하라'는 소식이 왔다. 30년간 다니게 될 회사에 입사하는 순간이었다.

그런데 김광식의 관심은 처음부터 다른데 있었다. 80년대 후반, 당시 사회적 분위기는 87년 6월 항쟁 이후 민주화 분위기를 타고 노동운동의 맹아가 막 폭발하던 시절이었다. 광식은 이렇게 회고 했다.

"나는 처음부터 현대자동차에 들어가면 노동운동을 해야겠다는 생각을 갖고 있었다. 그 전에 다른 공장에서 겪었던 실패의 기억이 너무 힘들고 어려웠다. 막상 현대자동차에 와 보니 괜찮은 사람들이 많았다. 그래서 취직한 이후 사람들을 모아서 공부 좀 해야 되는 것 아니냐?면서 먼저 쑤시고 다녔다."

이재인 (현 사회연대포럼 집행위원장)의 말에 따르면, 당시 현장에서 소위원 회의를 하는데 쉽고 거침없이 '노동해방세상'을 얘기하는 젊은 노동자가 있었다고 한다. 그렇게 눈에 띤 사람이 바로 김광식이었다.

당시 이재인은 이미 노동자 학습모임에 참여하고 있었다. 김광식은 바로 이 학습조에 가담하게 된다. 모임은 노동자들로만 구성된 것은 아니었다. 이른바 '학출'이라 불리던 대학생 출신들도 함께 하고 있었다. 그들은 노동운동을 하기 위해 다니던 학교를 포기하고 울산에 내려온 대학생들이었다. 이 때 만난 학출 중에 정창윤(현 울산시노동정책특별보좌관)도 있었다.

모임은 광식의 자취방 등에서 이뤄지곤 했는데 당시 유행하던 운동권 사회과학책을 돌려 읽고 토론하는 시간이 많았다.

종종 공장밖에 뿌릴 유인물을 제작하기도 했다. 열심히 글을 쓰고 주장을 담아 유인물을 만들고 노란 봉투에 한 장씩 넣은 뒤에 각자 지역을 나눠서 밤에 몰래 집집마다 던져 놓곤 했다.

물론 그런 행위는 경찰에 걸리면 바로 구속감이었다. 노태우 집권 시절이던 당시는 아직 살벌하던 시절이었다. 김귀정, 강경대 사건으로 온 나라에 민주화 투쟁의 열기가 다시 한 번 확산되던 시기이기도 했다.

노동운동과 민주화 운동의 경계선도 별로 없었다. 아마도 노동자의 권리만을 생각했다면 그렇게 공장 밖으로 다니며 유인물을 뿌릴 필요까지는 없었을 것이다.

하지만 그 시절, 민주주의와 노동 현실에 눈을 뜬 울산의 청년노동자들은 학습하고 투쟁하며 군사정부의 후신과 열심히 싸우고 있었다.

김말룡과 이호철

그 무렵 노동자들의 활동을 음양으로 지원해주던 고마운 사람들이 공장 밖에 많이 있었다. 그 중에는 정치권 인사들도 있었는데 그 중 광식의 기억 속에 아직 까지 남아있는 사람이 김말룡 전 의원이다.

노태우 정권때까지도, 민주당 측 인사들이 노동자들에게 찾아와서 뭔가를 해 보자고 제안하는 경우가 많았다. 같은 민주화 세력으로 인식하고 있었던 셈이다.

이 때 김말룡 의원이 자주 찾아와 힘이 되어주었다고 한다. 김말룡 의원 스스로가 한국노총에 몸을 담았던 노동운동 출신이기도 했다. 그는 달변가는 아니었지만 소탈한 심성과 묵직한 실천력을 가진 국회의원이었다. 그는 노동자들이 집회나 파업을 할 때마다 찾아와서 끝까지 자리를 지키며 말없이 몸을 대주었다.

'노무현 이전에 김말룡이 있었다.'고 할 수 있을 정도로 그는 어렵던 시절, 울산 노동운동의 든든한 지지자 역할을 해주었다.

또 한 사람은 이호철이다. 이제는 얘기할 수 있지만, 김광식은 92년도 성과배분 투쟁 때 민주당 접거농성을 기획하면서 결혼 전부터 알고 지내던 이호철 선배의 도움을 많이 받았다.

민주당 점거 농성은 당시 투쟁이 '노동자들만의 힘만으로는 해결하기 어렵다'는 생각에 야당이던 민주당의 도움을 요청하기 위한 당사 점거 농성이었다.

이 때 이호철과 민주당에서 보좌관으로 일하던 그의 후배들이 당사를 점거할 수 있는 루트를 몰래 알려줬다.

하지만 그 당시 당직자들 중에 일부는 노동자들에게 대놓고 "나가라!" 며 쫓아내려 했다. 안에서는 일부 당직자들이 푸대접을 하며 내보내려 하고 밖에서는 기관원들이 감시의 눈길을 보내고 있었지만 노동자들은 열심히 구호를 외치며 순순히 물러서지 않고 잘 버텼다.

아이러니 하게도 그 때 김광식을 쫓아내려 했던 사람들 중에는 30년 뒤 박근혜 정부에 참여한 사람도 있었다. 반대로 당사를 점거했던 김광식은 민주당에서 민주당을 더 진보적으로 만들기 위한 노력에 힘을 보태고 있다.

누가 처음에 있었느냐? 혹은 누가 오래있었느냐? 의 문제는 별로 중요한 것 같지 않다. 누가 어떤 정신을 갖고 있느냐의 문제가 더 중요할 뿐.

혈기왕성 열혈 노동자

80년대 말, 노동운동 분위기는 지금과 많이 달랐다. 당시는 구속과 수배를 각오하지 않고는 노동운동을 한다고 생각할 수 없었다. 해고는 기본이고, 종종 경찰서도 아닌 곳에 끌려가서 고문도 당하던 시절이었다.

김광식과 같이 노동자 소모임을 하던 이재인은 1990년 128일 투쟁 때 영장도 없이 외국인 아파트에 몰래 만들어둔 경찰 비밀 안가에 끌려가 3일 동안 맞다 나오기도 했다. 지금은 이해 할 수 없는 일이지만, 당시엔 그랬다.

그 시절 〈검거에서 투옥까지〉라는 책이 있었다. 구속 상황에서 대처요령을 담은 대응 매뉴얼이었다. 하지만 매뉴얼과 실제는 다르다. 끌려가면 쉴 새 없이 날아오는 폭력에 일단 생애 최악의 좌절을 겪은 뒤에 취조가 시작되었다.

살벌하던 시절이었지만 열혈청년 노동자 김광식은 굽힘이 없었다. 원래 교도소에서 대기하는 동안에 죄수들은 바닥에 앉아 있어야 했다. 하지만 김광식은 계속 서 있었다. '공안수는 죄인이 아니니까 서 있어야 한다'는 생각 때문이었다고 한다. 그 때문에 경찰들 앞에서 같은 노동운동 후배들이 김광식의 야단을 맞기도 했다.

"너는 공안수가 왜 거기 앉아있냐? 일어서 임마!"

몸수색도 거부했다. 원래는 구속 되는 과정에서 옷을 싹 다 벗고 몸수색을 받아야 한다. 수감자들이 들어오면 교도관들은 일단 탈의하라고 명령한다.

"다 벗어."

같이 잡혀 들어간 동지들이 슬슬 벗으려 하자 김광식이 똑 같이 소리를 질렀다.

"야 벗지마!"

그러면 교도관들이 소릴 질렀다.

"어이! 거기 3명은 왜 안 벗나!"

그러면 김광식이 똑같이 소리를 질렀다.

"내가 왜 벗나!"

기가 질린 교도관들은 나중에 노조원들만 따로 불러내서 제발 살살 넘어가자면서 사정 아닌 사정을 하기도 했다.

당시 노동운동가들은 징역 가면 싸워야할 사람들이 많았다. 검사, 교도관은 물론 같이 수감 생활하는 조직폭력배 와도 싸워야 했다.

김광식은 감옥 안에서도 잘 싸우는 편이었다. 특히 양심수를 괴롭히는 깡패들이 있으면 가만두지 않았다. 큰 드럼통에 보리차물을 끓여 놓았는데 이를 발로 차서 조폭들 쪽으로 자빠트리기도 했다.

"깡패들이 어디 공안수를 함부로 건드리냐! 앞으로 공안수 건드리면 가만두지 않겠다."며 으름장을 놓았다.

그렇게 몇 번 사고를 치면, 조폭들도 양심수들을 건드리지 않았다.

교도소장이나 교도관들은 교도소 안이 시끄러워지기를 바라지 않았기 때문에 김광식이 강경하게 나가면 오히려 조폭들을 독방에 가둬버리는 식이었다. 그 바람에 김광식은 깡패도 못 건드리던 공안수가 되었다.

1997년 노조위원장에 당선된 후에는 울산지역 안기부 책임자를 만나 폭언을 퍼붓기도 했다. 당시에는 막걸리 국보라는 말이 있을 정도로 귀에 걸면 귀걸이 코에 걸면 코걸이 식의 자의적인 국보법 적용이 많았다. 그 때문에 북한과 아무 상관없는 노동자들도 국가보안법으로 구속되어 해고 되는 일이 종종 있었다.

문제는 복직이었다. 국보법 위반자들은 복직 될 때도 단순히 회사의 동의만으로는 복직될 수 없었다. 반드시 안기부의 동의가 필요했다.

이 때문에 김광식은 노조 위원장 자격으로 안기부 책임자를 만나기도 했다. 처음에는 담판을 벌여서 복직 동의를 얻어내는게 목적이었지만, 술

이 점점 들어가자 나중에는 쌓여있던 감정 때문인지 슬슬 말이 거칠어지기 시작했다. 그 때 갑자기 안기부 책임자가 여자 종업원의 신체를 만지는 광경이 눈에 들어오자 술김에 김광식이 큰 소리를 질렀다.

"야! 너는 술을 똥구멍으로 쳐 먹냐!" 옆에서 자리에 함께 있던 다른 노조 간부는 눈을 동그랗게 뜨고 "저게 미쳤나?" 라는 표정으로 바라보고 있었다.

다행히 안기부 책임자는 30대 노조위원장의 객기를 웃음으로 넘겼다. 국보법 해고자들은 결과적으로 나중에 복직에 성공했다. 35살 혈기 왕성하던 시절 이었다.

98년 트라우마

그 시절 김광식에게 큰 상처로 남은 사건이 있었다. 그것은 외부의 탄압이나 자본의 압박이 아니었다. 바로 자신이 그토록 아끼고 소중하게 생각했던 노동조합 내부로부터의 비판이었다.

1992년 성과배분 투쟁과 1995년 양봉수 열사 투쟁을 통해 헌신적인 투쟁의 모습을 보였던 청년 김광식은 조합원들의 신뢰를 얻어 1997년에 30대 중반의 나이로 현대자동차 노동조합 위원장에 당선 된다.

그러나 그의 위원장 당선은 큰 시련의 시작이었다. 불과 몇 달 후에 IMF라는 전대미문의 사건이 터졌기 때문이다. 곧바로 전국적인 구조조정의 태풍이 몰아쳤고 우리나라 최대 노조의 중심에 있던 김광식은 그 태풍의 한가운데 설 수 밖에 없다.

노조 내 강경파는 "죽더라도 싸워야 한다."며 강경투쟁을 주문했다. 하지만 광식은 처음부터 "죽으면 안 된다."고 생각했다. '최악의 위기 국면이지만, 살 수 있는 기회가 있다면 그것을 잡아야 한다.'는 것이 김광식의 일관된 판단이었다.

하지만 IMF라는 국가적 위기 상황에서 '용빼는 재주'는 없었다. 극단적인 상황에서 노동이 아무 희생도 없이 총자본을 상대로 완벽한 승리를 얻어낼 수는 없었다.

노동자의 이익을 대변해야 하는 입장이었지만, 한편으로는 김대중 대통령의 고민도 이해가 되었다. 이전 정권에서 나라 경제를 완전히 거덜 낸 상황에서 뒷수습을 책임 진 사람이 바로 김대중 대통령이었다.

문제의 심각성을 인식한 김대중 정부는 청와대 차원에서 타협과 중재를 압박했다. 그 과정에서 김광식은 지금은 어렵지만 위기 상황이 진정되면 해고된 조합원들이 다시 돌아 올 수 있을 것이라는 확신을 갖게 되었다.

그러나 그 확신과 별개로 사측과의 잠정합의는 조합원은 물론 김광식 자신에게도 엄청난 상처를 주었다.

"차라리 죽을망정 끝까지 싸우지, 왜 합의했냐!"는 비난이 넘쳐났다. 조합원 대중의 비난과 욕설 앞에서 김광식은 변명할 마음이 없었다. 노동대중의 분노를 이해하지 못하는바 아니었기 때문이었다. 당시 사회보장제도가 전무하다시피 했던 대한민국에서 해고는 거의 나가서 죽으라는 얘기나 마찬가지였다.

정리해고 투쟁의 여파로 김광식은 98년 여름, 감옥에 들어갔다. 그 전에 여러 차례 감옥을 들락거렸지만, 이 시절이 가장 힘들었던 이유는 김광식 스스로 "조합원을 한명이라도 더 지켰어야 하는데 그렇지 못했다"는 자책감이 들었기 때문이었다.

감옥에서 처음 얼마동안은 '어디서 목을 매면 빨리 죽을 수 있을까?' 라는 생각을 하고 다녔을 만큼 힘들고 고통스러웠다.

상실과 절망에서 오는 조합원들의 비난과 손가락질도 심각했다. 어떤 노동자는 김광식에게 면도칼을 보냈고 어떤 사람은 욕을 써서 보냈다. 김광식은 몇 달 사이에 살이 쭉쭉 빠졌다.

일종의 자책 혹은 자해랄까? 김광식은 사식도 안 먹고 사제 옷도 안 입었다. 겨울에도 얇은 똥색 죄수복으로 계속 버텼다.

김광식은 이 시절의 트라우마 때문에 공황장애를 얻기도 했다. 공황장애는 이후 안 좋은 기억을 스스로 중단 시키는 자기 보호 본능인 것 같았다.

난무하던 노조 내부의 일방적인 비난과 욕설은 그러나 시간이 지나고 당시 합의의 진정성이 조금씩 전달되면서 누그러지기 시작했다. 나중에 정리해고자와 희망퇴직자들이 다시 복직하여 돌아오게 되자 분위기는 많이 바뀌었다.

나중에 국회의장을 했던 김원기(당시에는 노사정위원장이었다)도 2번이나 특별접견을 와서 김광식을 위로했다.

"김광식 위원장의 결단으로 나라의 위기를 모면했다. 사람이 죽거나 다치는 큰 불상사 없이 환란의 위기를 극복하는데 큰 도움을 받았다. 김대중 대통령이 가슴 아프게 생각하고 큰 빚을 졌다고 생각한다. 언젠가는 갚을 날이 있지 않겠나!"

김원기 노사정 위원장은 그런 말로 김광식의 상처를 보듬어 주려 했다.

출소 이후, 김광식은 노동조합 활동 보다는 공장 밖의 시민사회에서 역할을 찾아보는게 낫겠다고 생각했다. 그 때 이헌구 위원장 선거가 있었다. 도와달라는 요청이 왔다. 김광식은 선거를 돕는 조건으로 자신의 임기 때 미처 추진하지 못했던 '산별노조 전환'을 추진해달라고 요청 했다. 그 약속을 받고, 김광식은 이헌구 위원장 선거운동에 나섰다.

그런데 현장을 돌아다니다 보니 놀랍게도 조합원들이 김광식을 반겨주는 모습이 눈에 들어왔다.

"고생 많이 했다. 위원장님 덕분에 우리가 다시 올 수 있었다."

"그 때는 미웠지만, 그래도 정리해고 된 사람들이 돌아올 수 있어서 고맙다"며 격려해주는 사람들을 많이 만났다. 물론 그 때까지도 얼굴을 돌리는 사람들이 있었지만, 현장 조합원들의 진심어린 격려는 김광식에게 다시 일어설 수 있는 힘이 되었다. 그렇게 광식은 다시 용기를 얻었다.

노무현을 만나다

김광식과 노무현의 인연은 처음이 어디인지 잘 알 수 없다. 노무현 변호 사가 당시 부산에서 운동권의 대부 같은 위치였기 때문에 자연스럽게 알 게 된 측면도 있고, 동서의 주례를 노무현 변호사가 섰을 정도로 노무현 과 김광식의 처가가 가까운 관계이기도 했었다.

원래 김광식은 짜장면을 너무 좋아해서 어릴 때 소원이 짜장면집 딸과 결혼하는 것이었지만 결국은 횟집 딸과 결혼했다. 회도 못 먹으면서 횟집 딸과 결혼했으니, 아마도 지독한 사랑이었나 보다. 그런데 그 횟집이 바 로 노무현의 단골 횟집이던 '양산횟집'이었다.

김광식과 노무현이 공적인 관계로 처음 대면한 것은 공교롭게도 1998 년 정리해고 관련 협상 국면에서 였다. 1997년에 현대차 노조위원장이 된 김광식은 1998년, 정리해고 협상차 내려온 노무현과 공적인 관계로 대면했다.

당시는 김대중 대통령 집권 시절이었다. 졸지에 IMF 사태의 뒷수습을 맡게 된 김대중 정부는 현대자동차 구조조정 상황에서 집권당의 협상 단 장으로 노무현을 울산에 내려 보냈다. 정부로서는 반드시 설득해야 할 거대 노동조합과 대화가 잘 될 만한 사람을 내려 보낸 셈이다.

그 시절 김광식의 기억 속에 남은 노무현은 '끝까지 약속을 지킨 의리의 사람'이다. 1998년 투쟁 당시 "기억나는 것은 노무현 밖에 없더라!"라고 말할 정도다.

당시 아반떼 룸에서 주로 교섭을 했는데 '호텔가서 자라!'는 주변 사람들의 권유에도 불구하고 노무현은 회의실에 야전침대를 펴놓고 자면서 사측과 노조 사이에서 수시로 협상을 중재했다.

노무현의 의리는 협상이후에도 이어졌다. 정리해고 이후 회사는 약속을 잘 지키지 않았다. 노사 합의에도 불구하고 노동자들이 구속되는 일이 많았다.

김광식은 합의 이행을 촉구하기 위해 상경투쟁을 벌였다. 그러자 당시 노동부 장관은 전화도 안 받고, 만나주지도 않았다. 배신감이 밀려오는 순간, 그래도 끝까지 책임져 주려고 했던 사람이 바로 노무현이었다. 노무현은 김광식의 요청이 있을 때 마다 꼭 만나서 챙겨줬고 회사 측에 합의를 지키라고 압력을 넣어줬다.

얼마 후 김광식 마저 구속되자 노무현 부총재는 아내와 함께 감옥으로 특별접견을 오기도 했다. 그는 권양숙 여사한테 김광식을 이렇게 소개 했다.

"여보, 알지? 양산횟집 막내사위야!"

그 때 권여사가 캔커피를 하나 꺼내주었다. 그 인간적으로 따뜻한 기억이 김광식의 아직도 머릿속에 고스란히 남아있다.

그 후로도 노무현은 기회가 되고, 힘이 있을 때 마다 김광식에게 도움을 주었다. 김광식은 후배들이 노동운동, 시민운동 하면서 구속되거나 어려움에 빠질 때 마다 노무현 측에 전화를 해서 도와달라고 부탁 했고 노무현은 김광식의 민원들을 해결해 주고, 도움이 되기 위해 진심으로 노력해주었다.

김광식이 은혜를 갚은 것은 2002년 대선 때였다. 민주당 당내 대선 후보 경선이 벌어지자 울산에서 보자고 전화가 왔다. 왜 만났는지 길게 얘기할 필요가 없었다. 요구는 간단했다.

"도와 달라!"

하지만 당시 김광식은 민주노동당 당원이었다. "내 입장에서는 할 수 있는 일이 없다. 하지만.."

형식상 거절이었지만 김광식은 대신 다른 대안을 세워 줬다. 그의 역할을 대신 할 수 있던 다른 후배를 내세워 노무현 후보를 지지하기 위한 선거인단 조직에 나섰던 것이다.

노동자의 도시 울산에서 빚어진 노무현 후보의 역전극은 2002년 대통령 선거의 가장 큰 이변 중에 하나였다. 노무현은 울산의 이변을 동력으로 삼아 광주의 승리를 만들어냈고, 지방 도시를 하나씩 하나씩 접수하면서 서울 승리의 동력을 쌓아나갔다. 그렇게 대통령 노무현의 신화는 만들어졌다.

노무현 대통령은 당선 된 이후로 김광식을 3번이나 여러 가지 행사에 초대 했다. 하지만 김광식은 민주노동당 당직을 맡고 있다는 이유로 참석하지 않았다.

지금 생각해보면 너무나 아쉬운 일이다. 노무현과의 인연은 그 후로 이어지지 못했다. 그렇게 가실 줄 알았다면 얼굴이라도 봤을 텐데..

날 위해 살아보자

2000년 출소 이후, 김광식은 되도록 현대자동차 담벼락 밖에서 노동의 가치를 실현하는 일에 집중하고 싶었다. 울산북구비정규직지원센터 소장을 맡았고 중구에서는 오랫동안 이주노동자지원센터 소장의 역할을 맡았다.

민주노동당 창당이후 진보 정당 운동에 헌신하고자 했던 것도 이 무렵이다. 글쓴이의 개인적 기억에는 김광식 위원장이 선거 때마다 연월차를 있는 대로 다 모아서 내고 매일 유세차를 타고 다녔던 사람으로 남아있다. 거의 모든 선거에서 툭하면 선대본부장 역할을 맡았기 때문에 심지어 저분은 혹시 직업적 선대본부장이 아닐까? 라고 생각했을 정도였다.

너무 열심히 달리다보면 사람은 한번쯤 자신의 걸어온 길을 돌아보게 된다. 김광식도 그랬다. 2013년 울산이주민센터 소장을 마치던 무렵, 갑자기 '날 위해 한번 살아 봐야겠다.'는 생각이 들었다고 한다.

한편으로 억울하고 본전 생각도 났다. 시민 사회 단체 활동을 계속하다

보니 토요일, 일요일도 제대로 쉬지 못했고, 선거운동을 하면서 월차와 연차를 다 써버리니 정작 몸이 아프던 날에도 제대로 쉬지 못했다. 으슬으슬 몸살기가 있어도 나가야 했다.

이 때 김광식은 '내가 스스로를 갉아먹으면서 살아 온 게 아닌가?' 하는 생각이 들었다고 한다. 그래서 월정사 단기출가를 가보기 도하고 태국과 라오스 여행을 다녀오기도 했다. 하지만 가는 날이 장날이라고 대상포진에 걸려 고생하기도 했다.

한번은 정동진까지 혼자 걷기도 했다. 그 때 '울산북구비정규직지원센터'에서 일하던 박기옥 국장이 인간 네비게이션 역할을 해주었다. 폴더폰을 들고 박국장에게 전화해서 "여기 어딘데.. 어디로 가야 되냐?" 그럼 박기옥은 "어느 지점에서 좌측으로 가고 어느 지점에서 우측으로 가라!" 며 전화로 알려줬다.

지금은 스마트폰 시대라 네비를 찍으면 간단히 길을 찾을 수 있지만, 당시는 2G시대라 박기옥 국장은 전화기를 붙들고 컴퓨터 앞에서 정동진 까지 걸어갔다. 물론 전화로 안내를 하다 보니 실수도 많았다. 한번은 잘못된 길을 가르쳐 주는 바람에 4km 넘게 엉뚱한 곳을 걸어갔다. 박기옥은 바빠 죽을 뻔했고 김광식은 다리 아파 죽을 뻔 했다.

배낭은 크게 꾸렸다. 동지들에게 텐트를 빌려 갖고 갔지만, 어떤 날에는 하루에 60Km 넘게 걷다보니 밤이 되면 텐트 칠 기운이 없어서 찜질방 가서 잤다. 새벽 6시에 출발하고 밤 11시~12시 도착해서 찜질방 주인 몰래 빨래를 하기도 했다. 그렇게 많이 걷다보니 발이 부어서 왕발이 되었다. 그렇게 8일 동안 바닷가를 걸어 기어이 정동진 해돋이를 보고 돌아왔다.

중간에 포기하고 싶은 순간이 많았다. 특히 터미널 앞을 지나갈 때 마다 집에 가고 싶은 생각이 굴뚝같이 들었다. 그 때 마다 김광식은 반쯤은 자기를 격려하고 반쯤은 스스로에게 거짓말을 하면서 돌파했다. '시원한 커피 한잔 마시고, 딱 오늘 하루만 더 가자!'

그렇게 하루를 버티면 다음날 아침에 일어났을 때 또 다시 배낭을 메게 되었다. 그렇게 김광식은 흩어지려는 자기 마음을 다 잡았다고 한다.

"그래! 과거에 대한 원망, 후회 보다는 앞으로 해야 될 일을 생각하고 가자. 앞으로 또 어떤 길이 주어질지 알 수 없지만, 꿈꾸고 도전하기를 멈추지 말자!"

그렇게 그는 돌아왔다.

문재인을 만나다

2017년, 대한민국은 사상 초유의 사태에 직면한다. 바로 최순실 국정 농단 사건이었다. 박근혜 탄핵 국면이 펼쳐진 것이다. 박근혜 대통령 탄핵이 지금은 당연한 일로 받아들여지지만, 그 당시에는 이 나라가 앞으로 어떻게 될지, 말 그대로 한치 앞을 알 수 없는 상황이었다.

촛불 혁명의 한복판에서 김광식은 문재인 대통령을 울산에서 만났다. 당시는 민주당 후보로 확정되기 전이었다. 촛불집회 때 울산 노무현재단 북카페 행사 때도 만난 적이 몇 번 있었지만, 울산 전통찻집에서 만남은 다른 의미가 있었다.

문재인은 2002년 노무현 선거 때 울산에서 벌어진 대이변으로 전체 경선구도가 뒤집어 졌던 일을 알고 있었다. 무엇보다 울산은 한국 노동운동의 메카라는 상징성과 영향력이 있었다.

김광식은 문재인 후보에게 직접 '노동존중의 가치를 지켜내겠다'는 약속을 받았다. 노동 공약도 울산의 진보진영에서 얘기한 내용들을 중심으로 받아주었다. 김광식은 이 때 문재인과 함께 하면 더 이상 노동은 활용의 대상이 아니라 동반자가 될 수 있겠다는 생각이 들었다. 그 믿음과 약속을 통해 광식은 문재인 대선 캠프에 더문캠 노동선대위 집행위원장으로 합류하게 된다.

자리보다 일을 먼저 생각하다

더문캠에서 김광식은 노동선대위 집행위원장을 맡아 서울로 올라갔다. 하지만 막상 서울에 갔더니 막막 강산이 따로 없었다. 선대위 내부에 너무나 복잡하고 다양한 계파와 인맥 등이 마구 뒤섞여 있어 내부를 통합하는 것 자체가 쉽지 않았다.

특히 각 정파별 균형과 안배를 구현하는 일이 무척 골치 아팠다. 한국노총, 민주노총 등 노동 쪽에 고루 역할을 주며 선대위 내부를 통합하기 위해서는 어쩔 수 없는 과정이었다.

김광식은 이 과정에서 스스로 노동 선대위 공동위원장 자리를 포기하기도 했다. 문재인 후보가 정식으로 민주당 대선 후보가 되자 김광식도 노동선대위 공동위원장으로 거론되었으나, 다른 조직 등에 대한 안배가 필요했다. 이를 인식한 김광식은 "나를 빼라!"고 말했다. "나는 자리가 없어도 움직일 수 있다."는 것이 이유였다.

나중에 문재인 대선후보는 "김광식 위원장 고맙다! 잊지 않겠다."는 인사를 전해오기도 했다. 그렇게 김광식은 한동안 직책 없이 활동을 했지만 "그래도 공식적인 역할이 있어야 한다."는 의견이 제기되어 나중에 수석부위원장으로 역할을 맡았다.

영남노동자 1만인 지지선언

2017년 대선시기에 민주노총은 '진보정당지지'라는 정치 방침을 통과시켰다. 대의원대회에서 결론을 내지 못한 정치방침을 거꾸로 중집에서 다시 처리하는 특이한 과정을 거친 방침이었다. 이로써 민주노총 조합원은 민중당, 정의당, 노동당 후보를 모두 지지할 수 있는 상태로 되었다.

민주노총 정치방침을 접한 문재인 대선 캠프는 실망을 감출 수 없었다. 전략적으로 영남권은 무조건 승리해야 한다는 캠프의 방침이 있었지만 여론조사 결과는 아주 간신히 아슬아슬하게 앞서고 있는 것으로 나오고 있었다.

가만히 있을 수는 없었다. 민주당이 민주노총의 공식 지지를 받지 못한 상태였지만, 민주노총 소속 노동자들도 문재인 후보를 지지하고 있다는 사실을 뭔가 가시적으로 보여줄 필요가 있었다. 김광식이 생각한 대안은 영남노동자 1만인 지지선언이었다.

〈1만 노동자 지지선언〉은 5월 1일 노동절에 맞춰 1만 명 이상의 영남권 노동자로부터 문재인 지지선언을 조직하는 일이었다. 시간은 3일 뿐이었다. 시일이 너무 촉박하여 이를 취합하는 역할을 맡았던 실무자들은 이틀 밤을 꼬박 샜다. 1만 명 이상의 영남권 노동자에게 지지선언의 취지를 알려주고 본인 동의를 확인하는 일은 결코 간단한 작업이 아니었다. 이 작업을 위해 이재인, 윤해모, 권진회, 이경훈 같은 동지들이 많은 고생을 했다.

기자회견 당일, 주최 측은 실제로 1만 명 이상의 노동자들이 지지했는지 여부를 확인할 수 있도록 영남권 노동자 12,000명의 이름과 전화번호를 언론에 공개했다. 아무나 찍어서 전화해볼 테면 해보라는 자신감의 표현이었다.

하지만 이 일로 인해 김광식과 백순환은 민주노총 안에서 거의 역적으로 몰리는 분위기마저 만들어지고 말았다. 민주노총은 역사상 민주당을 공식 지지해본 전례가 없었기 때문에 정서적이건 문화적이건 아직 민주당 지지가 어색한 상황이었다.

하지만 마치 고향과도 같던 민주노총의 반발에도 불구하고, 김광식의 믿음은 바뀌지 않았다. '괴물같은 수구 세력의 재집권을 막아야 한다! 미움 받을 용기를 갖고 반드시 정권교체를 해야 한다!'는 김광식의 판단은 흔들리지 않았다.

근로 복지공단의 작은 변화들

 2018년. 김광식은 근로복지공단 상임 감사 임명장을 받고 30년 동안 다니던 현대자동차를 그만뒀다. 그의 행보에 대해 주변에서는 긍정적 평가가 많았다. "어정쩡하게 한발 걸치고 있기보다는 공장 밖에서 노동의 가치를 제대로 전달하는 역할이 필요하다!"는 의견이었다.

 김광식이 근로복지공단에 들어가서 처음 한 일은 산재 진행과정을 노동자들에게 문자로 알려주는 〈알림톡 서비스〉를 만든 일이다. 산재 신청을 한 노동자들이 자기 사건이 어떻게 되고 있는지 궁금해 하지 않고 신속하게 알 수 있도록 현재 진행단계와 향후 준비서류 등에 대한 체계적 안내를 문자로 전해주는 시스템을 구축한 것이다.

 이 과정에서 김광식은 상실감과 절망감 속에서 근로복지공단을 찾아올 수밖에 없는 재해 노동자들에게 최선을 다해 줄 것을 직원들에게 부탁하기도 했다. 그것은 노동자로서 40년간 살아온 선배의 마음이기도 했다.

 김광식 감사가 추구하는 '감사'는 비위사실에 대한 사후처벌 보다는 사전예방에 역점을 두는 신호등 감사다. 이는 개인 차원의 비리 적발에 주력하는 감시와 처벌 위주의 감사가 아니라 예방과 안내에 중점을 두는 '컨설팅 감사'를 통해 제도개선에 중점을 두자는 취지였다. 노동계 출신 감사답게 근로복지 공단 내 노사관계 회복에도 많은 애정을 쏟았다. 근로복지 공단에는 여러 노조가 있다. 이 노조들과 상시적 논의를 통하여 직원들의 권익과 권리침해가 되지 않도록 채널을 가동하고 노조지부장출신을 감사실로 발탁했다. 노동·시민단체·사용자 단체와 수시로 간담회를 하며 공단의 업무진행 상황을 함께 공유하고 부족했던 소통 문제도 해결해나갔다.

조직문화개선에도 힘썼다. 상호존중문화 확산을 위해 서로 경어사용을 장려하고 회식 때 빚어지는 2차 문화와 술잔 돌리기 등을 자제하도록 했다. 근로복지공단에서 공식적으로 쓰는 용어 중에 근로자라는 표현은 되도록 노동자라는 용어로 바꾸도록 장려하기도 했다. 발달장애인들의 일자리 창출도 김광식이 신경 쓴 일 중에 하나다. 발달장애인들이 공무용 차량에 대한 세차 사업을 할 수 있도록 근로복지공단 뿐 아니라 울산공공기관 감사협의회를 통해 다른 공공기관의 협조도 얻어냈다.

근로복지공단의 이러한 변화들은 어찌 보면 사소한 변화일 수 있지만, 김광식에게는 소중한 노력들이었다. 이런 노력들을 인정받은 덕분일까? 김광식은 한국감사협회가 주는 〈자랑스런 청백리상〉을 수상하기도 했다.

바꿀 것인가! 포기할 것인가!

80년대는 '노동자의 세상이 멀지 않았다.'는 확신을 갖고 살았던 시절이었다. 모든 걸 다 던져도 아깝지 않은 시절, 말 그대로 젊음을 바쳤다.

그러나 세상은 쉽게 바뀌지 않았다. 언젠가 진보가 이기는 날이 올 것이라고 생각했지만 실제 사회 변화는 그렇게 단순하지 않았다.

특히 IMF경제 위기를 겪었던 1997년 이후 새로운 국면이 펼쳐졌다. 2000년 이후 실험에 나섰던 진보정치의 꿈도 무너졌다. 민주노총은 전체 노동계급의 대표성도 갖지 못하고 있다. 여전히 전체 노동자의 10% 정도를 조직하고 있을 뿐이다.

대기업 노동조합이 스스로의 기득권을 내려놓지 않으면서 자본을 상대로 목소리만 높이는 것도 노동운동의 대중성 확산에 도움이 되지 않았다. 자본에게 양보를 요구하려면 그들의 고민마저도 이해하는 노력이 필요하다는 생각이 점점 분명해 졌다.

김광식과 동지들은 고민했다. 이 상태로 세상을 바꿀 수 있을까? 무엇보다 실제 시스템을 바꾸는 위치에 가지 않으면 할 수 있는 일이 없다는 판단이 점점 분명해졌다.

시간이 지날수록 문제의식은 뚜렷해졌다. 큰 명분만 쫓으며 실제 성과를 포기할 것인가? 아니면 작더라도 실질적이고 구체적인 변화를 추구할 것인가?

이제 노동운동은 제한적인 경제 투쟁에 몰두하기 보다는 폭넓은 정치 참여를 통해 실질적이고 전 사회적인 대안을 찾아가야 한다. 그것이 단순한 노동자의 이익을 넘어 사회전체의 발전을 추구할 수 있는 방법이기 때문이다.

실제로 우리는 북유럽 사민주의 정당들이 정치조직과 노동조합의 동맹 관계를 통해 새로운 국가발전 모델과 진보의 길을 개척해 나갔음을 잘 알고 있다.

촛불혁명으로 집권에 성공한 민주당 역시 이제 진정으로 노동의 가치를 담아내는 참된 진보정당으로 나아가야 한다. 노동의 가치를 담아낸 민주당인가? 아니면 노동이 없는 민주당인가? 에 따라서 민주당의 역사적 규정은 달라질 수밖에 없다.

김광식은 거대 노동조합의 힘에 기반 한 독자적 정치세력화의 길 보다는 조직되지 못한 노동 소외계층의 일상을 지켜줄 〈손에 잡히는 정치〉가 더 필요해졌다고 느낀다.

그래서 김광식은 북구보다 중구에 애정이 많다. 북구는 현대자동차 조합원들이 많지만 거대 노조가 없는 중구에 오히려 노동 취약계층이 많다.

비정규직과 일용직 노동자가 많아서 인력시장이 몰려 있는 곳이 중구다. 그럼에도 불구하고 중구는 정치적으로 가장 보수적인 곳이라서 노동운동 출신 정치인들의 관심을 별로 끌지 못했다. 김광식은 오랫 동안 중구에서 울산이주노동자지원센터 소장을 맡아 활동하면서 이러한 중구의 내면을 누구보다 잘 알고 있다.

어쩌면 진보의 불모지일수도 있는 곳에서 김광식은 노동의 가치를 심고 민주진보의 꿈을 그려보고 싶다. 아직 노동자의 꿈이 뿌리 내리지 못한, 그러나 그 어떤 곳보다 노동의 가치가 필요한 그곳에서 노동자의 철학과 노무현 정신으로 승부를 보고 싶다고 생각한다.

김광식은 연탄불 세대다. 공돌이들은 연탄불을 너무 자주 꺼트린다. 운동권 소모임 할 때부터 연탄불이 꺼져서 매일 고생했다. 공장에서 매일 늦게 들어오니 그럴 수밖에 없기도 하다. 번개탄 10개씩 갖다놓고 살았다.

그러다가 언제인가 보일러가 나왔을 때 얼마나 행복했는가? 연탄보일러가 가스보일러가 되었을 때 또 얼마나 행복했는가!

김광식은 그런 작은 행복이 넘쳐 나는 세상이 되어야 한다고 믿는다. 김광식은 "훌륭한 사람이 되고 싶은 생각이 없다. 은퇴하면 전국노래자랑을 따라다니고 싶다." 말한다.

일하는 사람들의 작은 행복. 흥겨운 노래자락을 따라다니며 살고 싶은 작은 행복의 소중함을 누구보다 잘 아는 사람.

파란만장 김광식은 뼛속까지 노동자다.

사람그리고광식

초판 1쇄 인쇄 2019년 8월 20일
초판 1쇄 발행 2019년 8월 26일
저자 김광식
발행 홍기표
삽화 이창우
디자인 조근형
등록 2011년 4월 4일 (제319-2011-18호)
전화 02-780-1135
팩스 02-780-1136
페이스북 http://www.facebook.com/Geultong
이메일 geultong@daum.net
ISBN 979-11-85032-38-2
정가 15,000원
* 잘못된 책은 구입하신 서점에서 바꿔드립니다